LE TOMBEAU DES DINOSAURES

Catalogage avant publication de Bibliothèque et Archives nationales du Québec et Bibliothèque et Archives Canada

Bernard Lenoir, Anne

Le Tombeau des dinosaures

(Collection Atout; 119. Aventure)
Pour les jeunes de 12 ans et plus.

ISBN 978-2-89647-011-2

I. Titre. II. Collection: Atout; 119. III. Collection: Atout. Aventure.

PS8603.E72T65 2007   jC843'.6   C2007-940895-8
PS9603.E72T65 2007

Les Éditions Hurtubise HMH bénéficient du soutien financier des institutions suivantes pour leurs activités d'édition:

– Conseil des Arts du Canada;
– Gouvernement du Canada par l'entremise du Programme d'aide au développement de l'industrie de l'édition (PADIÉ);
– Société de développement des entreprises culturelles du Québec (SODEC);
– Gouvernement du Québec par l'entremise du programme de crédit d'impôt pour l'édition de livres.

Éditrice jeunesse: Nathalie Savaria
Conception graphique: Mance Lanctôt
Illustration de la couverture: Josée Masse
Mise en page: Martel en-tête

© Copyright 2007
Éditions Hurtubise HMH ltée
Téléphone: (514) 523-1523 • Télécopieur: (514) 523-9969
www.hurtubisehmh.com

ISBN: 978-2-89647-011-2

Distribution en France
Librairie du Québec/DNM
Téléphone: 01 43 54 49 02 • Télécopieur: 01 43 54 39 15
www.librairieduquebec.fr

Dépôt légal/3e trimestre 2007
Bibliothèque et Archives nationales du Québec
Bibliothèque et Archives du Canada

Imprimé au Canada

ANNE BERNARD LENOIR

LE TOMBEAU
DES DINOSAURES

ANNE BERNARD LENOIR

Anne Bernard Lenoir est née en France mais vit au Québec depuis 1989. Géographe de formation, récipiendaire de plusieurs bourses d'excellence, elle a collaboré à la production de nombreux rapports scientifiques dans les domaines de la recherche et de la statistique. Diplômée en musique et passionnée par la poésie dès son jeune âge, elle ne cessera jamais d'écrire. À vingt ans, elle parcourt le Canada seule et s'y découvre de réelles racines. Depuis, sa passion pour les voyages, l'océan et la marche lui a fait explorer des kilomètres de routes et de sentiers au Québec et au Canada. Sa création s'inspire de son amour de la nature, de l'aventure, de l'histoire et des sciences. Après *À la recherche du Lucy-Jane* et *La Nuit du Viking*, voici la troisième aventure de l'intrépide détective Laura Berger.

À Olivier C.

CARTE DE L'ALBERTA

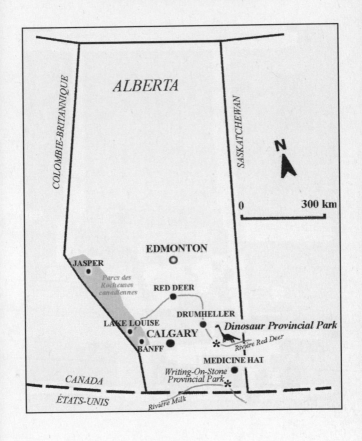

1

BIENVENUE AU BEAVER LODGE !

Le train serpentait doucement au cœur des montagnes Rocheuses, transportant ses voyageurs à travers l'immensité sombre couleur sapin. Il avait quitté Edmonton et la vallée de la Saskatchewan Nord pour longer celle de la rivière Athabasca, qui pénétrait le parc national de Jasper. Le soleil avait déployé ses derniers rayons roses. Puis, en quelques minutes, la nuit était tombée sur les pentes couvertes de conifères comme un rideau brutal, faisant disparaître les méandres des cours d'eau et les crêtes déchiquetées des montagnes.

Laura quitta des yeux le paysage obscur qui défilait à sa fenêtre et se replongea dans la lecture de la brochure touristique.

— Encore une fois ! implora son amie Cathy, qui ne se lassait pas d'entendre la description de leur hôtel.

— *Sur les rives d'un lac aux reflets d'émeraude, le Beaver Lodge vous convie à une aventure inoubliable au cœur de la nature*, lut Laura. *Dans le confort rustique de ses somptueux chalets de bois rond, laissez-vous bercer par la quiétude et la splendeur des montagnes ! Avec ses vues spectaculaires et sa gastronomie réputée, son spa nordique et ses sentiers pittoresques, le Beaver Lodge vous propose une escapade de rêve et des vacances hors du commun.*

Laura ignorait qu'elle ferait un tel voyage à peine quelques semaines auparavant ! Un concours sur les destinations plein air du Canada avait eu lieu au début de l'été et le hasard venait de la désigner comme la gagnante de l'un des gros lots : un séjour de cinq nuitées dans un établissement hôtelier de luxe, incluant le trajet en avion depuis Montréal et le transport en train d'Edmonton à Jasper, le tout pour deux personnes !

À vingt et un ans, Laura n'avait pas encore voyagé en Alberta. Cette occasion de découvrir l'Ouest canadien était unique ! Elle avait proposé à ses trois amies de l'accompagner. Line et Audrey étaient occupées, mais ce n'était pas le cas de Cathy, qui ne se fit pas prier ! Ne connaissant pas plus la région que Laura, Cathy avait surtout été séduite par les attraits du luxueux Beaver Lodge… Elle avait de plus proposé de rendre visite à sa tante et son cousin, de passage dans le parc national de Banff pour la saison touristique estivale. Il s'agissait bel et bien de vacances de luxe! Après leur séjour à Jasper, les deux amies poursuivraient leur périple jusqu'à la station de villégiature de Lake Louise, où tante Rachel suivait un stage de perfectionnement professionnel dans le domaine de l'hôtellerie et pouvait les loger pendant dix jours sur les lieux mêmes de son travail.

Leur voyage depuis la ville de Québec avait été éreintant. Elles avaient d'abord pris l'autobus pour se rendre à Montréal. Dans l'avion pour Edmonton, leur voisin de siège était demeuré cramponné à son béret de paille du décollage à l'atterrissage! Terrassé par la peur, le vieux monsieur n'avait cessé de monologuer sur sa Toscane natale. Près d'eux, un groupe de jeunes écoliers avait fait un vacarme infernal, ignorant les avertissements patients de l'hôtesse de l'air. Ces déplacements s'achevaient enfin, puisque Laura et Cathy approchaient de leur destination finale!

Un coup de frein secoua le wagon et sortit Laura de ses pensées. Elle regarda par la fenêtre du train. Celui-ci ralentissait en pénétrant dans un couloir de lumières.

— Jasper Station! Gare de Jasper! cria une voix dans l'interphone.

Les deux jeunes femmes mirent de l'ordre dans leurs affaires et bouclèrent leur sac à dos. Ce trajet d'à peine quatre cents kilomètres en train leur avait paru interminable!

— Prête pour une *escapade de rêve* et des *vacances hors du commun*? lança Laura en sautant gaiement sur le quai de la gare.

— Plus que jamais! répondit Cathy. Penses-tu qu'on pourra manger un morceau à l'hôtel?

— Une nuitée au Beaver Lodge coûte trois cents dollars par chambre! À ce prix-là, j'espère qu'il restera un croûton de pain dans la cuisine! Nous entrons dans l'univers du luxe, ma chère! Tiens, ce doit être notre hôtesse là-bas, qui brandit une pancarte en forme de castor!

Une femme très élégante, vêtue d'un tailleur bleu marine, se trouvait au bout du quai. Elle tenait un écriteau sur lequel on pouvait lire «BEAVER LODGE» en grosses lettres imitant des rondins. Laura remarqua le petit foulard de soie blanc noué autour de son cou gracile ainsi que ses chaussures surprenantes: l'hôtesse portait de grosses bottes de randonnée couvertes de boue!

— Miss Laura Berger et miss Cathy Fortier? demanda la femme avec un fort accent anglophone en voyant les deux jeunes touristes s'approcher.

— Oui, c'est nous! répondit Laura. Bonsoir!

— Bonsoir, mesdemoiselles. J'espère que vous avez fait bon voyage.

— Oui, merci, dit Cathy. Nous avions hâte d'arriver!

— Je m'appelle Pamela Jones, coupa la femme. Je suis la directrice des relations publiques du Beaver Lodge. Je suis désolée, mais je dois malheureusement vous annoncer qu'il nous est impossible de vous recevoir dans notre établissement.

— Je ne comprends pas, fit Laura, prise au dépourvu. Nous avons gagné un concours et je croyais que…

— Je le sais, miss. Il était prévu que vous séjourneriez cinq nuits chez nous. C'est maintenant impossible, hélas.

— Et pour quelle raison? demanda Laura, qui jeta vers son amie un regard stupéfait.

— Pour la simple et bonne raison que le Beaver Lodge n'existe plus depuis hier.

2

DOUBLE IMPRÉVU

— Qu'est-ce que vous voulez dire, *le Beaver Lodge n'existe plus depuis hier*? fit Laura, au comble de la surprise.

— Notre établissement a été la proie des flammes dans la soirée, répondit Pamela Jones d'une voix triste. Le feu a pris dans la cuisine et s'est malheureusement propagé à tous les édifices. L'été très sec ne nous a pas aidés. Par chance, nous avons pu sauver les ordinateurs et la liste des réservations. Tout s'est passé si vite!

— C'est terrible, murmura Cathy.

— Oui, en effet. Notre hôtel a été réduit en cendres. Mais je suis chargée par la direction de vous annoncer que notre partenariat avec le prestigieux Jasper Park Lodge nous permet de vous offrir un chèque-cadeau pour un futur séjour dans notre région. Vous recevrez bientôt ce certificat par la poste, en guise de dédommagement. Avec toutes nos excuses, bien entendu. Pour le moment, nous ne pouvons pas vous offrir, hélas, un hébergement de même catégorie que le

Beaver Lodge, car tous les hôtels de la région sont complets pour la saison touristique. Nous vous avons trouvé une chambre pour cinq nuitées près d'ici, au Mountain View Motel.

— Ah! lâcha Laura, qui ne pouvait cacher son grand désappointement. C'est vraiment dommage! J'espère qu'il n'y a pas eu de blessés dans l'incendie, au moins?

— Non, fort heureusement! Le feu a débuté sur une cuisinière, mais le chef a pu donner l'alerte très vite. Je dois maintenant vous laisser, pardonnez-moi. Tout est arrangé pour votre hébergement au motel. Un taxi vous attend à l'extérieur de la gare pour vous y conduire. J'espère que vous vous y plairez. Permettez-moi, au nom de toute l'équipe du Beaver Lodge, de vous présenter nos excuses pour ce brusque contretemps, qui vient assombrir vos vacances. Au revoir et bon séjour dans notre région!

Le taxi roula pendant environ deux kilomètres, sortit de la ville et laissa nos deux amies devant l'entrée d'un vieux bâtiment solitaire situé à la lisière de la forêt, près de la voie ferrée.

Le Mountain View Motel était un édifice long et plat, qui semblait fait en carton. On avait placardé des planches de bois sur les fenêtres de plusieurs chambres, de toute évidence inhabitables. Il n'y avait pas de restaurant sur place. La réception était annoncée par une enseigne rose lumineuse qui affichait un *WELCOME* auquel manquaient trois lettres.

— *Une aventure inoubliable au cœur de la nature*! répétait Cathy en pensant à la description du Beaver Lodge. Je ne voudrais pas être trop sarcastique, mais je pense qu'on n'est pas près de l'oublier, celle-là! Que disais-tu? *Nous entrons dans l'univers du luxe*, c'est cela?

— Ouais, fit Laura avec une grimace de dépit. Allons prendre possession de cette chambre qui est sûrement miteuse… Je suis KO, pas toi? On verra demain pour la suite des vacances.

— Une *escapade de rêve*… Tu parles! Ce motel est pouilleux, oui! Dans quelle histoire tu m'embarques encore, Laura Berger?!

— Je n'y suis absolument pour rien! lâcha Laura en rigolant. Tâche d'être polie, maintenant. Sinon, ils vont te jeter dehors et tu devras dormir à la belle étoile, sur le territoire des grizzlys!

Dans leur chambre rudimentaire dont le seul luxe était d'offrir de l'eau chaude, Laura et Cathy dormirent assez mal. Une pluie déchaînée frappa les tuiles du toit tout au long de la nuit, s'ajoutant au vacarme des trains passant près de leur fenêtre...

Au matin, elles bravèrent la pluie froide qui n'avait pas cessé pour aller manger une omelette à la cafétéria de la gare en guise de petit-déjeuner. Laura appela ses parents sur son cellulaire et Cathy téléphona à sa tante sur le sien. C'est ainsi qu'elles apprirent que Rachel cherchait justement à les joindre d'urgence. Lorsqu'elle mit fin à la conversation, Cathy affichait une mine pour le moins déconfite.

— Que se passe-t-il? dit Laura.

— Il y a un autre imprévu... soupira Cathy. Je crois que nos vacances sont fichues pour de bon, cette fois.

— Raconte!

— Ma tante et mon cousin ne pourront pas nous recevoir à Lake Louise, comme c'était prévu.

— Ah non? Pourquoi?

— Tu te rappelles, je t'ai expliqué qu'ils séjournaient à Lake Louise pour l'été, mais qu'ils demeuraient dans la région des Plaines de l'Alberta. Eh bien, ils ont été rappelés d'urgence et doivent se rendre à l'hôpital de la ville de Drumheller, où ils habitent. Rachel nous propose de partir avec eux. Imagine-toi qu'il est arrivé un accident à son petit ami, qui travaille au Royal Tyrrell Museum of Paleontology! Je n'en sais pas plus. Personne n'a de détails sur ce qui s'est passé, en fait!

— Le Royal Tyrrell Museum... Ce n'est pas le musée des dinosaures, ça?

— Si. Je crois que c'est même l'un des plus grands au monde.

— Qu'as-tu répondu à ta tante?

— Qu'on la rappellerait dans une quinzaine de minutes pour lui faire part de notre décision.

— Mais tu ne dois pas hésiter une seule seconde!

— Je ne sais pas quoi faire, Laura. Je ne veux pas t'obliger à les rejoindre maintenant ni laisser tomber Rachel si elle a des ennuis.

— On ne laissera tomber personne! déclara Laura. C'est décidé! On prend le premier autobus pour Lake Louise! Il faut aider ta tante si elle a des ennuis et faire la lumière sur cette histoire d'accident!

3

LA PROMENADE DES GLACIERS

Délaissant leurs rêves de randonnées et de luxe hôtelier, Laura et Cathy n'avaient désormais plus aucun projet de vacances, excepté celui de suivre l'itinéraire de l'autobus de treize heures qui devait les mener de Jasper à Lake Louise, jusqu'à tante Rachel!

— Tu la connais bien, ta tante? demanda Laura en s'asseyant dans l'autobus auprès de son amie.

— Oui et non, répondit Cathy. Je la vois tous les trois ans environ. Elle a quitté le Québec il y a près de vingt ans, pour aller travailler dans le domaine de l'hôtellerie à Banff. Elle s'est mariée avec un chef cuisinier et ils ont eu un enfant, mon cousin Paul. Quand ils ont divorcé, on ne les a plus beaucoup revus. Plus tard, elle a déménagé dans les Plaines et rencontré cet ami qui travaille au musée. Il s'appelle Alexandre, je crois. Je ne l'ai jamais rencontré. Tante Rachel est très gentille et attentionnée, je suis sûre qu'elle te plaira!

— Et ton cousin?

— Paul ? Il a dix-sept ans. La dernière fois que je l'ai vu, c'était un adolescent pas très bavard, le genre sportif bourru ! Ma tante lui a trouvé un poste de moniteur de kayak à Lake Louise pour cet été. Il semble plutôt déçu d'interrompre sa saison de kayak, mais il préfère accompagner sa mère, qui est assez nerveuse dans les circonstances. C'est ce que Rachel m'a dit lorsque je l'ai rappelée pour la prévenir qu'on les rejoignait. Elle m'a confirmé qu'on prendrait la route pour Drumheller tous les quatre.

— Qu'est-ce qu'elle t'a raconté exactement à propos de cet accident dont son ami a été victime ?

— Rien de plus que ce que je t'ai déjà dit : Alexandre aurait eu un accident grave sur les lieux de son travail.

— Tu ne m'avais pas dit que cela s'était produit au musée. Quel est son métier ?

— Il construit des maquettes de dinosaures, je crois.

— Wow ! C'est fascinant !

Les jeunes femmes contemplèrent en silence le paysage spectaculaire qui se déployait devant elles. Après avoir quitté Jasper et l'ombre menaçante des crêtes acérées du mont Edith Cavell, leur véhicule s'engagea sur la Promenade des Glaciers.

Franchissant cols et vallées glaciaires, la route 93 suivait la rivière Athabasca. Au détour d'un virage, le champ de glace Columbia apparut dans toute sa splendeur. L'autobus de Laura et Cathy ressemblait à un jouet auprès de cette épaisse langue de glace blanche qui dévalait la montagne en charriant de la roche sur plus de trois cents kilomètres carrés! Ce glacier représentait la plus vaste calotte glaciaire non polaire du continent et ses eaux de fonte alimentaient pas moins de trois océans: l'Atlantique, le Pacifique et l'Arctique! Le réchauffement climatique avait toutefois fait reculer de façon importante le front du glacier au cours des dernières décennies. Laura sortit ses jumelles pour observer le va-et-vient des navettes gigantesques emmenant les touristes explorer la surface de la glace et les crevasses.

Des sentiers serpentaient dans la forêt subalpine jusqu'à la toundra tapissée de fleurs. La route longeait maintenant la rivière Bow. Elle traversa des prairies de bouleaux et de saules pour atteindre un col à plus de deux mille mètres d'altitude. Dans un décor de carte postale, l'eau bleu-vert des lacs virait au turquoise en se mêlant à celle de la fonte des glaciers.

— Lake Louise! annonça enfin le chauf-feur.

Situé au bord d'un magnifique lac, l'hôtel Chateau Lake Louise resplendissait tel un diamant. Après avoir arpenté les quelques centaines de mètres qui les séparaient du bâtiment principal, Laura et Cathy posèrent leur sac à dos dans le luxueux hall d'entrée, bouche bée devant la vue féerique qu'of-fraient ses larges baies vitrées. Une femme aux longs cheveux blonds et au teint clair, accompagnée d'un jeune homme, vint à leur rencontre. Âgée d'une quarantaine d'années, Rachel Lefrançois était vêtue d'un jean, d'un tee-shirt bleu ciel et de sandales. Le cousin de Cathy, grand et affublé d'une épaisse tignasse châtain, arborait une tenue aussi décontractée et un air bougon. Malgré le sourire éclatant qu'elle destinait aux deux voyageuses, Rachel paraissait angoissée.

— Bonjour, mes belles! dit-elle en embras-sant affectueusement les deux jeunes femmes. Quel bonheur de vous voir! Ravie de te rencontrer, Laura! J'ai entendu parler de tes talents d'investigatrice et de tes enquêtes!

— Salut! fit Paul avec un signe de la main.

— Alors, ce voyage dans l'Ouest? reprit Rachel avec une grimace. Il a plutôt mal commencé, n'est-ce pas? Je suis vraiment désolée.

— Il n'y a pas de quoi! assura Cathy.

— Non, il ne faut pas être désolée, ajouta Laura, ne sachant trop quoi dire.

— Quand devons-nous partir pour Drumheller? demanda Cathy.

— Immédiatement, si cela ne vous ennuie pas trop, avoua Rachel. Vous pourrez dormir dans la voiture, si vous êtes fatiguées.

— Laisse-leur le temps de se relaxer un peu! protesta Paul. Elles viennent de faire quatre heures d'autobus!

— J'ai acheté des sandwichs, poursuivit Rachel sans tenir compte du commentaire de son fils. Nous devons prendre la route maintenant. Je ne sais pas ce qui est arrivé à Alex et je suis morte d'inquiétude!

— Nous sommes prêtes à partir! la rassura Cathy. As-tu d'autres nouvelles?

— Non. Tout ce que je sais, je l'ai appris de la bouche du directeur adjoint du musée. Il m'a appelée en matinée pour me dire qu'il était arrivé quelque chose de grave à Alex, à son travail. Il m'a dit de ne pas m'inquiéter tout en me conseillant de venir au plus vite! Il semblait préoccupé, mais n'a pas voulu m'en dire davantage.

— Tu n'as pas pu parler à Alex?

— Non, il dormait lorsque j'ai appelé l'hôpital.

— Quel genre de soins a-t-il reçus? demanda Laura tandis qu'ils se dirigeaient vers le stationnement de l'hôtel.

— On lui a fait des examens de routine, m'a-t-on dit. Mais je suis quand même très inquiète!

— Voyons! s'exclama Paul en rangeant les sacs à dos de Laura et de Cathy dans le coffre de la Subaru Outback noire de sa mère. Tu t'en fais pour rien, maman. Que veux-tu qu'il lui soit arrivé? C'est un maquettiste! Il travaille au fond d'un musée! Le seul risque qu'il court, c'est de recevoir un squelette de *Tricératops* sur la tête!

4

DESTINATION : BADLANDS

La voiture de Rachel Lefrançois filait à vive allure en direction de Drumheller. Elle avait quitté les montagnes Rocheuses à la vitesse de l'éclair et traversé la ville de Calgary sans que Laura ait eu le temps d'entrevoir le champignon géant de la *Calgary Tower*.

— En quoi consiste exactement le métier de votre ami Alexandre ? demanda Laura.

— Tu peux me tutoyer, lui répondit Rachel aimablement. Alex est artiste-maquettiste au Royal Tyrrell Museum, qui, comme tu le sais peut-être, est l'un des plus grands musées du monde à étudier les animaux des temps géologiques. Le travail d'Alex consiste à fabriquer des maquettes les plus réalistes possibles des dinosaures, à partir des ossements découverts et de l'expertise des paléontologues. Ces maquettes sont ensuite exposées dans les musées. C'est un ouvrage complexe qui exige du temps, de la minutie et la mise en commun de toutes les connaissances acquises sur les espèces animales en question, qu'il s'agisse d'anatomie, de nutrition ou de l'étude des écosystèmes. Actuellement, Alex est en pleine conception d'une maquette de *Tricératops*.

— … qui signifie «horrible tête à trois cornes» et désigne un herbivore de neuf mètres de longueur de la famille des dinosaures à cornes, les cératopsiens! compléta Paul.

— Les dinosaures à cornes? s'étonna Laura.

— Ouais! Les cératopsiens étaient des quadrupèdes avec une énorme tête cornue. Ils vivaient en troupeaux dans l'ouest de l'Amérique du Nord et en Asie centrale, il y a soixante-dix millions d'années. Le plus gros d'entre eux, le *Tricératops*, portait trois cornes et une collerette osseuse!

— Dis donc, tu sembles t'y connaître en dinosaures, toi! fit Cathy, ébahie.

— Ton cousin fait mine de ne pas s'y intéresser, mais il est toujours le premier à poser des questions quand Alex a un nouveau projet de maquette! dit Rachel, amusée.

— Ce qui est génial, ajouta Paul avec passion, ce sont les dinosaures carnivores! Le plus grand d'entre eux s'appelait le *Giganotosaurus*. Son squelette a été trouvé en

Amérique du Sud. Il faisait treize mètres de longueur et chacune de ses dents mesurait dix-huit centimètres!

— Ouache! s'écria Cathy. C'est effrayant!

— Il tendait des embuscades pour surprendre ses proies, poursuivit son cousin. Il se cachait dans les arbres, les mâchoires ouvertes, et sautait sur le premier végétarien qui traînait dans le coin! Il le déchiquetait violemment entre ses dents acérées comme les lames de couteaux géants!

— Je préférerais qu'on parle d'autre chose dans les circonstances, suggéra timidement Rachel.

La voiture poursuivait sa route sous les couleurs violacées du coucher de soleil. Des champs de blé et de canola s'étendaient à perte de vue, ponctués par la courte silhouette des puits de pétrole. Telle une main géante invisible, l'air chaud et sec semblait plaquer au sol tous les éléments du paysage. Quel saisissant contraste avec le panorama de forêts et de glaciers qu'avaient quitté Laura et Cathy le matin même!

Soudain, de gigantesques fossés apparurent. Les Badlands de l'Alberta offraient une vision spectaculaire de falaises et de buttes ravinées par le ruissellement des eaux. Plus de dix mille ans auparavant, la fonte des glaciers avait creusé une vallée profonde où logeait maintenant la rivière Red Deer. La forte érosion avait mis à nu des roches de la période du crétacé[1], révélant la présence de nombreux ossements de sauriens. Drumheller se situait en bordure de la rivière, en plein cœur de cette vallée des dinosaures…

— Nous y voici enfin! lança Rachel en garant sa voiture dans le stationnement de l'hôpital.

La réceptionniste indiqua aux quatre visiteurs que la chambre assignée à Alexandre Pronovost se situait au rez-de-chaussée de l'édifice, sans autre explication. Lorsque Rachel lui demanda si Alexandre était réveillé, la femme lui répondit qu'elle l'ignorait, mais que la police l'attendait pour l'interroger.

— La police? répéta Rachel, ahurie. Mais que se passe-t-il donc??!

— Viens, maman, dit Paul en la prenant doucement par le bras. On va tirer ça au clair. Allons voir Alex.

Laura et Cathy suivirent tante Rachel et son fils dans les couloirs. De quel type d'accident s'agissait-il pour que la police

1. Crétacé: période géologique remontant à environ -145 à -65 millions d'années.

intervienne ? Décidément, cette histoire devenait de plus en plus intrigante !

Rachel fut la première à entrer dans la chambre 102.

— Alex, que t'arrive-t-il ? gémit-elle en apercevant son compagnon alité, les yeux clos, le crâne affublé d'un large bandeau dont dépassaient quelques mèches de cheveux roux.

Un grand homme en uniforme se leva de l'une des chaises qui ornaient la pièce.

— *Mrs Lefrançois* ? fit-il. *Lieutenant Philips. I have some questions for you*[1].

— Des questions ??? explosa Rachel avec fureur. C'est à moi d'en poser ! Va-t-on m'expliquer ce qui s'est passé, à la fin ?

Paul prit la parole et traduisit l'impatience de sa mère. Le lieutenant répondit de façon laconique par deux phrases brèves, les yeux baissés. Bouleversée, Rachel éclata en sanglots en s'effondrant dans les bras de son fils.

— Qu'y a-t-il ? chuchota Cathy à l'oreille de Laura. Je n'ai pas tout compris !

— On pense qu'Alexandre a été victime d'une agression lors d'un cambriolage survenu au musée, la nuit dernière, répondit son

---

1. Madame Lefrançois ? Lieutenant Philips. J'ai quelques questions à vous poser.

amie à voix basse. Mais il n'y a aucun témoin.

— Et comment va-t-il?

— Il est dans le coma.

5

LE MAQUETTISTE

Le policier donna des précisions supplémentaires. Le matin même, Yann Lombardi, un biologiste travaillant au musée, avait trouvé Alexandre Pronovost écroulé sur le sol alors qu'il passait dans son laboratoire pour prendre quelques affaires avant de partir en vacances. Il avait aussitôt appelé la police et une ambulance. En faisant le tour des lieux, les policiers et Lombardi avaient constaté que des ossements avaient disparu du laboratoire et que des tiroirs avaient été forcés dans un bureau. Alexandre avait sans doute reçu un coup sur la tête et perdu connaissance sous l'impact. Il luttait pour sa survie en ce moment même… La police avait préféré attendre l'arrivée de Rachel Lefrançois pour l'informer de la gravité de la situation.

Le lieutenant Philips posa ensuite les questions d'usage à la compagne de la victime. Sur quel projet travaillait Alexandre au moment du drame? Lui connaissait-elle des ennemis? Avait-il accès à des lieux particuliers dans le musée? Détenait-il des objets ou des renseignements de valeur ? Que pouvait-il faire si tard dans le laboratoire de Lombardi ? Avait-elle remarqué un changement de comportement ou d'humeur chez son ami au cours des semaines ou des jours précédents ? S'entendait-il bien avec ses collègues en général, avec Lombardi en particulier ?

Sous le choc, Rachel ne put rien dire qui puisse constituer le début d'une piste valable pour la police. Alexandre n'avait pas d'ennemis et s'entendait avec tout le monde. C'était un maquettiste passionné par son travail, consciencieux et honnête, apprécié par son équipe et fier d'exercer son métier dans l'un des plus prestigieux musées du monde ! Même s'il devait parfois travailler plus tard qu'à l'habitude lorsqu'un projet l'exigeait. C'était d'ailleurs le cas pour cette maquette de *Tricératops*, qui l'occupait depuis de nombreuses semaines. C'était tout. Il n'y avait rien de particulier à ajouter.

Le lieutenant remercia Rachel et lui souhaita bon courage, affirmant que la police de Drumheller mènerait une enquête et l'informerait de son évolution.

Laura et Cathy restèrent une partie de la nuit au chevet d'Alexandre en compagnie de Rachel et de Paul. Puis celui-ci les amena avec la Subaru dans leur maison de

Drumheller pour qu'elles s'y installent et se reposent.

Dans la chambre d'ami, des photos montraient Rachel et Paul au bord de la mer en compagnie d'un grand homme maigre aux cheveux roux et au visage parsemé de taches de rousseur. Sur d'autres clichés, Alexandre se tenait debout, souriant, aux côtés de reproductions de reptiles géants.

«J'espère qu'il s'en sortira», songea tristement Laura en pensant au maquettiste.

Le lendemain, Laura et Cathy prirent un taxi pour rejoindre Rachel et Paul, qui n'avaient pas quitté l'hôpital. Alexandre Pronovost n'avait toujours pas repris connaissance.

— Vous n'allez pas rester ici, mes belles, leur dit Rachel, les traits tirés par la fatigue et l'anxiété. Ce n'est pas bien drôle. Hélas, nous ne pouvons rien faire pour Alex. Paul va rentrer à la maison pour se reposer, moi je reste ici.

— Tu devrais aller dormir un peu, toi aussi, lui répondit Cathy.

— Ça va aller. Comme tu vois, on m'a installé un petit lit dans la chambre pour que je me repose. Par contre, si vous n'avez rien d'autre à faire et si cela ne vous dérange pas, j'aurais une faveur à vous demander.

— Bien sûr, fit Laura.

— Le directeur adjoint du musée est passé tout à l'heure. Il désirait me mettre au courant de l'évolution de l'enquête. D'après ce que j'ai cru comprendre, la police a fait une découverte ce matin, à propos de l'accident. Mais je n'ai pas eu le courage d'en discuter avec lui! Je n'ai pas la tête à ça en ce moment! Je l'ai assuré que l'un d'entre nous irait le rencontrer plus tard. Vous pourriez y aller, toutes les deux. Robert Doyle est un homme charmant. Il est originaire d'Angleterre et parle un très bon français. Si cela ne vous dérange pas, bien sûr… Je vous prête ma voiture.

— On va y aller tout de suite, déclara Cathy sans hésiter. On déposera Paul à la maison sur le chemin.

— Je vous remercie, fit Rachel. Je vais appeler monsieur Doyle pour le prévenir de votre visite. Cela vous donnera l'occasion de faire un tour dans ce musée magnifique…

6

LE ROYAL TYRRELL MUSEUM

Se sentant trop nerveuse pour conduire, Cathy laissa son amie prendre le volant. Après avoir déposé Paul chez lui, Laura prit la direction du Royal Tyrrell Museum of Paleontology. La superbe structure moderne couleur sable et ornée de répliques de dinosaures dominait un paysage semi-aride de talus et de ravins. Dans l'imposante entrée où de nombreux visiteurs attendaient en ligne pour obtenir leurs billets d'accès, les deux amies s'annoncèrent auprès d'une hôtesse. Après quelques minutes, un petit homme vêtu d'un costume sombre s'approcha d'elles.

— Bonjour, mesdemoiselles! lança-t-il dans un français impeccable. Je m'appelle Robert Doyle. Bienvenue dans notre musée! J'aurais préféré que nous nous rencontrions dans de meilleures circonstances. Cette agression dont a été victime notre maquettiste est révoltante. Si vous voulez bien me suivre… Cathy, votre tante m'a avisé que vous veniez aux nouvelles.

— Oui, c'est cela, répondit la jolie blonde.

— En fait, si c'était possible, ajouta Laura, nous aimerions également visiter les lieux où le drame s'est produit.

— Bien sûr, bien sûr, acquiesça Robert Doyle. Je vous y conduis de ce pas. Je vais vous raconter tout ce que nous savons de cette histoire et vous transmettre les derniers éléments de l'enquête menée par la police. Ensuite, si vous le désirez, je vous ferai visiter le Royal Tyrrell.

— Merci infiniment, dit Laura. Nous en serions ravies.

Ils suivirent un dédale de couloirs jusqu'à une salle du musée consacrée au métier de paléontologue. Au fond de la pièce, une porte annonçait «PREP LAB». Doyle ouvrit l'accès protégé par un code.

— Vous voici dans les quartiers des chercheurs et des techniciens du musée, expliqua-t-il. S'y trouvent nos laboratoires de préparation, les bureaux de recherche des paléontologues et de leurs assistants.

— Qu'entendez-vous par laboratoire de préparation? demanda Laura.

— C'est l'endroit où les fossiles sont nettoyés de tous les substrats dont ils sont recouverts, expliqua Doyle. Vous n'êtes pas sans savoir, je suppose, que lorsqu'un affleurement fossilifère[1] est découvert sur un site, les fossiles sont dégagés avec minutie. Ensuite, on les photographie en dressant un plan précis des lieux et de la position des ossements. Les fossiles doivent alors être transportés vers les laboratoires où ils seront étudiés. On enduit de plâtre les plus gros ossements, afin de faciliter leur extraction de la roche et leur transport hors du site. C'est dans le laboratoire de préparation qu'ils sont dégagés de cette coque de plâtre.

— Et comment l'enlève-t-on?

— C'est un ouvrage délicat que nos techniciens effectuent à la main en utilisant des scies, des grattoirs, des curettes, de petites brosses et des pinceaux. Il est fréquent que les derniers travaux s'exécutent à la loupe! On utilise dans ce cas des instruments de grande précision, semblables à ceux des dentistes. Ou bien des outils à ultrasons.

— D'où proviennent les fossiles de dinosaures?

— Beaucoup de nos trouvailles viennent du Dinosaur Provincial Park, qui se trouve

---

1. Affleurement fossilifère: apparition de fossiles à la surface du sol.

environ à cent vingt kilomètres d'ici, au sud-est. Cette région est parmi les plus riches au monde en matière de gisements fossilifères!

Robert Doyle invita les deux jeunes femmes à le suivre dans un autre couloir qui donnait sur une enfilade de salles, dont certaines étaient vitrées et ouvertes, d'autres fermées. Au fond, on distinguait ce qui ressemblait à un chantier de construction.

— Est-ce que votre musée est en rénovation? s'étonna Cathy.

— Nous y ajoutons une nouvelle aile qui devrait être terminée dans six mois. Elle nous permettra d'agrandir la salle du musée consacrée aux théropodes[1] et d'abriter d'autres bureaux pour les administrateurs et les chercheurs.

— À quel moment de la journée les ouvriers travaillent-ils sur ce chantier? se renseigna Laura, qui avait une idée derrière la tête concernant l'infiltration des voleurs.

— Tous les soirs de la semaine, aussitôt après la fermeture du musée. Ces travaux sont très bruyants! C'est d'ailleurs l'hypothèse de la police concernant le cambriolage:

1. Théropodes: groupe de dinosaures incluant tous les carnivores; beaucoup d'entre eux étaient des bipèdes, tels que le *Tyrannosaurus rex* et l'*Albertosaurus*.

selon elle, les voleurs ont sans doute profité de l'activité sur le chantier pour passer sans être vus par la porte de secours qui donne sur l'extérieur, au fond du couloir. Celle-ci demeure toujours fermée, sauf lorsque les ouvriers sont sur le chantier. Ils la laissent alors entrouverte pour mieux circuler et transporter les matériaux. Je tiens à vous préciser que depuis hier, les consignes de sécurité ont changé! Chantier ou pas, il n'est plus question dorénavant de laisser une seule porte ouverte!

— Les ouvriers sont-ils nombreux à travailler ici?

— Une trentaine. La police est en train de les interroger, un par un. Quelle besogne!

— Vous n'avez pas de caméras de surveillance?

— Nous ne sommes pas une banque, tout de même. Voici les lieux qui vous intéressent, mesdemoiselles: le secteur réservé à toute l'équipe du professeur Boretsky, le responsable scientifique de nos collections de théropodes et de cératopsiens. Vous voyez ici le laboratoire du biologiste Yann Lombardi. C'est ici même qu'il a retrouvé le corps inanimé d'Alexandre, hier matin.

Doyle ouvrit la porte qui n'était pas fermée à clef. La pièce n'était pas grande.

Sur de longues tables reposaient de petits ossements étiquetés et des bocaux, deux ordinateurs ainsi qu'un microscope. Les murs étaient couverts d'étagères métalliques pleines d'échantillons.

— Vous ne fermez jamais ces bureaux? demanda Laura en faisant le tour des lieux.

— Non, ce sont des espaces de travail ouverts. Si vous voyiez l'activité qui y règne le jour en saison régulière, vous constateriez que les chercheurs et les techniciens circulent sans cesse d'une pièce à une autre et travaillent en équipe. Ce serait un vrai bazar s'il fallait tout fermer! De toute façon, il faut un code d'accès pour pénétrer dans le secteur *Prep Lab* ou une clef pour déverrouiller la porte de secours depuis l'extérieur.

— Il n'y a personne qui travaille ici aujourd'hui parce que nous sommes dimanche, j'imagine, supposa Cathy.

— Détrompez-vous! Nos employés les plus passionnés travaillent souvent le dimanche! Mais durant l'été, nombre d'entre eux profitent du beau temps pour partir sur les sites de fouilles ou prendre des vacances.

— Est-ce que Yann Lombardi est parti en congé, finalement? voulut savoir Laura.

— Oui, hier. Après avoir trouvé le corps de son collègue, le pauvre était dans tous ses états! Je l'ai convaincu de ne rien changer à ses projets. Il recevait de la parenté chez lui. Je lui ai promis de le tenir au courant des résultats de l'enquête. Je viens d'ailleurs de laisser un message sur son répondeur pour l'informer des derniers développements.

— Et de quoi s'agit-il? fit la jeune détective.

— Justement… Je suis allé à l'hôpital ce matin pour m'entretenir de l'évolution de l'enquête avec la compagne d'Alexandre. Mais j'ai bien senti que ce n'était pas le moment de lui parler de cela… Voilà. En passant tout au peigne fin, les policiers ont repéré un objet qui avait glissé sous un meuble. Imaginez qu'ils ont mis la main sur ce qui pourrait être l'arme utilisée par les malfaiteurs pour frapper Pronovost!

— Ah bon? s'étonna Laura. Qu'est-ce que c'est?

— Un grand coprolithe.

7

UN GRAND COPROLITHE

— Un grand quoi ? répéta Laura.

— Un coprolithe de trente centimètres pris dans la roche. Une arme redoutable, si l'on considère la dureté du fossile.

— Qu'est-ce que vous appelez exactement un coprolithe ? s'enquit la jeune femme, qui doutait que le commun des mortels connaisse un tel mot.

— Des matières fécales fossilisées.

— Vous voulez dire qu'Alex a été frappé par un fossile de…

— … d'excréments de *Tyrannosaurus rex*, compléta Doyle avec sérieux. La police l'a trouvé sous une chaise. Sous l'impact probable du choc avec le crâne de Pronovost, la pièce s'est brisée en deux morceaux. Heureusement, elle était étiquetée. Lombardi est un biologiste méticuleux, il avait travaillé sur ce fossile unique plusieurs mois auparavant afin de connaître l'alimentation du théropode. Les cambrioleurs ont vraisemblablement été surpris en flagrant délit de vol dans le laboratoire de Lombardi et se sont emparés du premier objet leur tombant sous la main pour frapper.

— Et à quoi ressemble cette chose, exactement? fit Cathy qui n'avait jamais vu de crotte de dinosaure de sa vie!

— Ce fossile beige et gris foncé avait une forme allongée, comme une baguette de pain à la française, si je puis dire.

— Il y avait du sang dessus, je suppose? fit Laura.

— Oui, la police va procéder à un examen d'ADN pour savoir s'il s'agit bel et bien du sang de Pronovost et vérifier s'il y a des empreintes.

— On nous a dit que des ossements avaient été volés, reprit Laura après un moment de silence.

— Effectivement, dans le laboratoire de Lombardi. Il s'agit d'un tibia de *Tyrannosaurus rex* et d'un petit crâne de sauropode[1]. Ce tibia est une lourde perte pour notre équipe! Il mesurait plus d'un mètre de longueur et représentait un acquis précieux pour notre collection de théropodes. N'oublions pas que

---

1. Sauropodes: groupe de dinosaures herbivores ayant un long cou et une grande queue parmi lesquels on compte les plus grands animaux terrestres, tels que le *Brachiosaurus* et le *Diplodocus*.

Tyrannosaurus rex est l'un des plus grands prédateurs qui aient existé sur terre! Les ossements de ce bipède géant, qui pouvait mesurer treize mètres de longueur et six mètres de hauteur, en plus de posséder un crâne d'un mètre cinquante de longueur, nous attirent à eux seuls plusieurs milliers de visiteurs par année! Le crâne du jeune *Diplodocus* était également un fossile unique. Avec ses vingt-sept mètres de la tête à la queue à l'âge adulte, ce dinosaure herbivore de l'ère jurassique[1] est l'un des plus grands dinosaures découverts! Le crâne qui nous a été volé était semblable à celui d'un chien. Il était remarquablement orné de ces fines dents en forme de peigne que le *Diplodocus* utilisait pour ratisser le feuillage.

— C'est vraiment dommage… dit Laura, à la fois désolée pour le vol et émerveillée par la description de ces animaux hors du commun. La police nous a également dit que des tiroirs avaient été forcés lors du cambriolage.

— Oui, répondit Doyle. Cela s'est passé dans le bureau du professeur Wilkinson, qui travaille lui aussi dans l'équipe de Boretsky.

1. Jurassique: période géologique, remontant à environ -208 à -145 millions d'années.

Je vous y conduis de ce pas… La police est restée ici vingt-quatre heures pour examiner les lieux du délit, nous pouvons maintenant nous y rendre à notre guise!

Le nom de Wilkinson était inscrit sur la porte du bureau voisin de Lombardi. C'était une jolie pièce très ordonnée, avec deux petits secrétaires, deux ordinateurs et des étagères sur lesquelles reposaient des piles de documents. Les serrures des secrétaires étaient hors d'usage et leurs tiroirs ne fermaient plus, ce qui permit à Laura de constater qu'ils étaient vides.

— Est-ce que les cambrioleurs ont pris quelque chose ici? demanda-t-elle à Doyle en inspectant le fond des compartiments.

— Nous n'en savons rien! Nous ignorons ce que nos chercheurs gardent dans leurs tiroirs! Et le professeur Wilkinson est aussi parti en vacances. Nous n'avons pas réussi à le joindre. Lombardi, Boretsky, Wilkinson… ils sont tous en congé, par tous les diables!

— Sur quoi travaille précisément ce professeur?

— Le vieux Wilkie, comme certains l'appellent, est paléontologue. Il est le plus expérimenté d'entre nous! C'est un homme de grande qualité qui a une connaissance encyclopédique des animaux. Il devait occuper mon poste d'ailleurs, mais il a préféré poursuivre sa carrière en exerçant son métier sur le terrain. Comme je vous l'ai dit, il travaille sur les théropodes et les cératopsiens dans l'équipe du professeur Boretsky tout en dirigeant des chantiers de fouilles au Dinosaur Provincial Park, dont je vous ai déjà parlé. D'ailleurs, comme nous n'avons pas réussi à le joindre pour l'avertir du cambriolage, Lombardi m'a dit qu'il passerait au parc au cours des prochains jours pour vérifier si Wilkinson ne s'y trouve pas et pour le prévenir en personne que quelqu'un a fouillé dans ses affaires.

— Avez-vous noté d'autres effractions au musée ce soir-là?

— Non, aucune autre. J'ai vérifié les documents et les ordinateurs avec Lombardi. Tout semble en place. Ces crapules, pardonnez mon langage, ont peut-être été surprises par le temps et l'arrivée de Pronovost, qui a précipité leur départ!

— Qu'est-ce que le maquettiste Pronovost venait faire dans le laboratoire du biologiste Lombardi, selon vous?

— Comme je vous l'ai mentionné, le travail effectué dans nos bureaux et laboratoires est surtout un travail d'équipe. Pronovost a sans doute eu besoin d'une information qui se trouvait chez Lombardi. Il travaille actuellement d'arrache-pied à la conception d'une nouvelle maquette de *Tricératops*. Or, c'est dans le laboratoire de Lombardi que se trouvent tous les classeurs de classification des dinosaures, avec leurs caractéristiques physiologiques.

— Où se trouve cette maquette de *Tricératops*? s'enquit Cathy.

— Dans la pièce voisine que Pronovost partage avec le plasticien, le dessinateur et les informaticiens. Désirez-vous la voir?

— Oui, s'il vous plaît, répondit Laura.

Le directeur adjoint du Tyrrell Museum invita les deux Québécoises à quitter les quartiers du professeur Wilkinson pour pénétrer dans une vaste salle où seuls des panneaux en toile marquaient la séparation des espaces de travail. Il se planta près d'une enfilade de postes informatiques, face à une grande planche posée sur des tréteaux. Sur la table, des schémas colorés côtoyaient des morceaux de plastique, de bois et de métal, des tissus texturés et de petits outils. C'est au milieu de cet apparent désordre que Laura et Cathy l'aperçurent.

Joufflu et perché sur ses quatre courtes pattes, la tête ornée d'une collerette osseuse et de trois cornes pointues, le *Tricératops* les fixait intensément de son regard féroce. Avec sa mâchoire musclée, ses dents coupantes et son bec crochu qui lui permettait de trancher les plantes, le roi des cératopsiens, semblable à un rhinocéros surgi du fond des âges, était un adversaire redoutable. On raconte qu'il engageait ses cornes effilées contre celles de ses rivaux et luttait tête contre tête avec l'effrayant carnivore *Tyrannosaurus rex*…

8

TRICÉRATOPS ET COMPAGNIE

— C'est la maquette? s'exclama Cathy, amusée par l'animal aux allures féroces dont la reproduction n'excédait pas dix centimètres de longueur!

— C'est la technique de Pronovost, répondit Doyle sans broncher. Il construit une réplique miniaturisée de la maquette avant de bâtir l'originale, de neuf mètres de longueur, qui trônera dans notre musée. Je sais qu'il se butait actuellement à un obstacle majeur: celui de savoir reproduire le mieux possible la couleur de la peau de ce cératopsien. Ce perfectionniste n'est jamais satisfait! Je trouve pourtant que ce prototype est une merveille de réalisme.

— Est-ce que Lombardi et Pronovost s'entendent bien? lui demanda Laura.

— Décidément! La police m'a posé la même question! Ils s'entendent à merveille! À quoi pensez-vous donc? Croyez-vous que l'un aurait pu frapper l'autre?

— Certainement pas… fit Laura, embarrassée.

— Alexandre Pronovost est très respecté de ses collègues. C'est un grand artiste, doté d'un esprit scientifique exceptionnel, ce qui est fort rare! Maintenant, si vous le voulez bien et puisque le temps nous presse, je vous convie à une visite rapide de notre musée.

— C'est très aimable à vous, dit Laura qui espérait ne pas avoir vexé le petit homme.

Ils revinrent sur leurs pas et se mêlèrent discrètement à la foule qui découvrait les trésors du musée en ce dimanche après-midi. Les salles se succédaient, plus impressionnantes les unes que les autres!

L'étrange carnivore à la courte queue *Alxasaurus* apparut au détour de l'allée. Ses bras étaient d'une puissance singulière, et son allure, féroce. Immobile sur le sable, *Dimetrodon*, ni reptile ni mammifère, exhibait son squelette de plus de trois mètres de longueur en attendant sa proie. Dressé sur ses pattes massives, le gigantesque *Tyrannosaurus rex* montrait ses mâchoires terrifiantes ornées de dents aussi longues qu'effrayantes. Le roi des théropodes semblait prêt à bondir sur les visiteurs…

Dans un coin, le géant *Camarasaurus* à la tête en forme de cube et au corps trapu de dix-huit mètres émergeait des palmiers, dévoilant ses dents solides capables tant d'arracher les plantes dures que de mordre ses rivaux. Un énorme reptile cuirassé avait enfoui ses pattes sous terre. C'était l'étonnant *Stégosaurus* à plaques osseuses dont les pointes se dressaient de la tête à la queue!

Plus loin, une proie gisait à terre dans une vision cauchemardesque. *Allosaurus*, carnivore de l'ère jurassique au large crâne et à la dentition tranchante, avait livré un combat sans merci. Dans une pièce sombre aux couleurs des profondeurs océanes, des reptiles marins sortaient leur gueule carnassière comme s'ils voulaient happer les enfants sur leur passage.

À la fois fascinés et troublés, les visiteurs contemplaient en silence tous ces petits et géants ressuscités des temps géologiques.

— Trop de gens ignorent ce qui définit vraiment un dinosaure, nota Robert Doyle en faisant une halte devant la reproduction d'un *Albertosaurus*. Et vous, le savez-vous?

Doyle fixait Cathy droit dans les yeux et attendait une réponse.

— Euh… bredouilla-t-elle, décontenancée. Un dinosaure, c'est… C'est un gros animal de la préhistoire?

— Eh bien, non! fit-il, sans surprise. Ce n'est pas une réponse satisfaisante! Voici plutôt ce qui définit la grande famille des dinosaures : ils étaient des reptiles à la peau écailleuse dont les petits naissaient dans des œufs et ils ont régné 160 millions d'années sur la planète aux périodes géologiques du trias[1], du jurassique et du crétacé avant de disparaître. De plus, fait crucial, ces reptiles étaient incapables de voler et de nager ! Il y avait certes des reptiles volants à cette époque, mais il s'agissait de ptérosaures et non de dinosaures.

— Je n'aurais pas pu vous répondre, avoua Laura, penaude.

— Le nom de notre musée provient de Joseph B. Tyrrell, poursuivit Doyle, un jeune géologue de la région qui trouva en 1884 le crâne d'une nouvelle espèce de dinosaure qu'on nomma *Albertosaurus* en 1905. Le voici justement ! La vitesse de course de ce carnivore, parent de *Tyrannosaurus rex*, mais plus petit et gracile, excédait les trente kilomètres à l'heure ! De nombreux squelettes ont été mis au jour en Alberta. Vous constatez que ce bipède gigantesque de l'ère du crétacé avait, comme les autres tyrannosaures, deux très petits membres antérieurs et seulement

---

1. Trias : période géologique, s'étendant environ de -245 à -208 millions d'années.

deux doigts sur chaque main. Il ne s'en servait pas pour capturer ses proies, mais sa gueule était si grande et sa mâchoire si puissante qu'il pouvait mordre n'importe quel animal.

— On distingue donc les dinosaures selon qu'ils sont herbivores ou carnivores ? résuma Cathy, intimidée par la bête qui se dressait devant eux.

— C'est plus compliqué que cela ! Ce que vous devez retenir, c'est qu'on les classe en deux groupes principaux selon la structure de leur bassin : il y a les ornithischiens, c'est-à-dire les dinosaures à bassin d'oiseau, et les saurischiens, ceux à bassin de lézard.

— Comment faites-vous pour vous souvenir de tous ces noms bizarres ?

— C'est l'habitude ! répondit Doyle en se frayant un chemin parmi les visiteurs. Avec le temps et la nature de mon travail, ces animaux sont devenus mes proches voisins, mes amis.

Alors que la visite guidée s'achevait, le directeur adjoint du musée s'arrêta net devant une maquette terrifiante.

Le dinosaure juché sur ses deux pattes arrière semblait prêt à se battre en corps à corps. D'une longueur de près de dix mètres, la peau couleur orange et tachetée de brun, la bête tel un dragon arborait une longue queue et d'horribles orteils griffus!

— «Le *Baryonyx*», lut Laura sur le panneau, «120 millions d'années, Europe, habitait les étendues boisées et les plaines inondables, régime alimentaire: surtout des poissons.»

— Vous êtes devant la toute dernière maquette qu'Alexandre a conçue pour notre musée, déclara Doyle avec émotion. C'est un ouvrage admirable, n'est-ce pas?

Les deux jeunes femmes contemplèrent le féroce carnivore avec un tout autre regard.

9

MIRACLE!

— Voici donc ce que l'on sait de cette histoire, récapitula Laura tandis qu'elle et Cathy reprenaient la direction de l'hôpital. Hier matin, samedi, le biologiste Yann Lombardi passe à son laboratoire du Royal Tyrrell Museum avant de partir en vacances. Comble de surprise, il trouve son collègue, le maquettiste Alexandre Pronovost, gisant par terre, sans connaissance, une blessure à la tête! Il appelle la police et l'ambulance. Alors que le malheureux repose toujours dans le coma, l'enquête révèle la disparition d'un tibia et d'un crâne de dinosaure dans le bureau de Lombardi et constate des fouilles suspectes dans celui d'un paléontologue, le professeur Wilkinson. Selon la police, le maquettiste aurait surpris des cambrioleurs en flagrant délit. Par ailleurs, elle trouve ce qui pourrait être l'arme de l'agression: un fossile d'excréments!

— Pour l'instant, aucune piste! conclut Cathy avec une moue.

— C'est vrai! Et nous ne savons pas si des objets ont disparu des tiroirs du professeur Wilkinson, en vacances en ce moment même. On suppose cependant que les malfaiteurs auraient pu s'introduire dans le musée vendredi soir, en profitant des allées et venues des ouvriers travaillant sur le chantier.

— Quand je pense qu'Alex a peut-être été sauvagement attaqué pour quelques vieux ossements! C'est ignoble!

Tante Rachel n'avait pas quitté la chambre du maquettiste. Son fils Paul l'avait rejointe ce dimanche soir, après être allé dormir quelques heures durant l'après-midi. Tous deux écoutèrent avec attention les nouvelles que les jeunes femmes rapportaient de leur rencontre avec Doyle. Dans ses explications, Laura omit volontairement de parler du grand coprolithe, jugeant que les circonstances se prêtaient mal à ce genre de détail de mauvais goût. Elle dit simplement que la police pensait avoir trouvé un objet ayant pu servir à agresser Alex.

— Il s'agit d'un fossile d'excréments de dinosaure, précisa aussitôt Paul. Un agent de la police scientifique est venu prendre un échantillon de sang d'Alex pour le comparer au sang séché qui est dessus.

De toute évidence, la police n'avait pas fait preuve d'autant de délicatesse que notre jeune détective. Laura se rendit à la cafétéria en compagnie de Rachel, qui désirait marcher un peu. Il leur fallait manger pour reprendre des forces. Lorsqu'elles réapparurent dans la chambre d'Alexandre avec des plateaux chargés de victuailles, Paul et Cathy étaient hors d'eux.

— Que se passe-t-il encore? lança Rachel avec autorité. Je vous prie de ne pas crier si fort dans cette chambre!

— Pendant que vous étiez parties, commença Paul, on est allés remplir les carafes d'eau à la fontaine qui se trouve au fond du couloir.

— Lorsqu'on est revenus, poursuivit Cathy, on a surpris une infirmière en train de secouer Alex!

— Quoi? fit Rachel.

— Cathy lui a demandé des explications, continua Paul avec colère. Cette grande bêtasse s'est affolée! Elle a répondu sur un ton irrité qu'elle connaissait son métier, qu'elle avait vu le malade remuer les lèvres et qu'elle devait lui administrer des médicaments s'il était réveillé! Puis elle est partie en emportant un gros tas de serviettes. Elle semblait furieuse!

— Cette infirmière est folle! murmura Cathy. Il faut prévenir un médecin, peut-être même la police.

— Regardez! coupa Laura en pointant son doigt en direction du lit.

Tous les regards se dirigèrent vers le visage d'Alexandre. Était-ce un rêve ou bien les lèvres du maquettiste remuaient-elles réellement?

Ce n'était pas un rêve. Répondant à toutes les espérances, le concepteur du terrible *Baryonyx* aux doigts crochus du Royal Tyrrell Museum ouvrit tout grands ses yeux clairs.

10

LA MISSION

— Alex! sanglota tante Rachel en prenant doucement la main de son petit ami. Enfin, te revoilà parmi nous!

— Où étais-je parti? balbutia-t-il.

La question de cet homme émergeant du coma déclencha les rires nerveux de son entourage, des rires où se mêlaient joie et soulagement. Paul sentit une larme perler sur sa joue. Au cours des dernières heures, l'adolescent avait pris conscience de la profondeur du lien qui l'attachait au petit ami de sa mère.

Dix bonnes minutes s'écoulèrent ainsi, alors que le blessé paraissait refaire surface après un long voyage sous les mers…

Ce fut Paul qui brisa le silence :

— Tu as eu un accident, lui dit-il, lentement.

— Ce n'était pas un accident, répondit Alexandre, encore assommé. Ah! Paul, Rachel! Je suis si heureux de vous voir!

Le maquettiste se souvenait de ce qui s'était produit et des visages qui l'entouraient!

Quel bonheur ! Rachel porta un verre d'eau aux lèvres d'Alexandre, qui reprenait peu à peu contact avec le monde réel.

— Je te présente ma nièce Cathy et son amie Laura, lui dit-elle en serrant de nouveau sa main dans la sienne. Nous allons te laisser pour que tu te reposes, mon chéri. Nous reviendrons te voir plus tard.

— Non, ne partez pas, protesta Alexandre d'une voix traînante. Pas maintenant. J'ai l'impression d'avoir dormi pendant des heures. J'ai un peu mal à la tête, mais je me sens assez bien.

— Tu étais dans le coma, expliqua Paul. Tu te souviens de ce qui s'est passé vendredi soir ?

— Oui…

Alexandre Pronovost se redressa lentement dans son lit, s'appuyant sur ses coudes. Avec l'une de ses mains, il inspecta le bandage qui enserrait son crâne. Puis, dans un mouvement lent et circulaire, il étira sa nuque pour délier ses muscles. Il but de l'eau de nouveau et se recoucha. On plaça l'oreiller sous sa tête afin qu'il soit le plus à l'aise possible.

— Il était tard, près de vingt-deux heures, commença-t-il. Je m'apprêtais à quitter le bureau après avoir travaillé toute la soirée sur la maquette du *Tricératops*. Il y avait un tel bruit sur le chantier de construction ce soir-là que je ne parvenais plus à me concentrer sur mon ouvrage! Bref, avant de m'en aller, j'ai aperçu une faible lumière sous la porte du laboratoire de Lombardi, notre biologiste. Comme Yann venait de partir en vacances, j'ai pensé qu'il avait dû oublier d'éteindre sa lampe et je suis entré pour la fermer. C'est là que j'ai vu trois ouvriers en train de fouiller dans ses affaires! Je leur ai demandé ce qu'ils faisaient là. Normalement, ils restent sur le chantier et n'ont pas à se promener dans les bureaux! Ils ne m'ont pas répondu. L'un d'entre eux a pris un objet que je n'ai pas eu le temps de voir et je me suis écroulé. On m'a frappé fort sur le crâne, je crois!

— La police a peut-être trouvé l'arme dont ils se sont servis pour t'attaquer, lui annonça Paul. C'est un long fossile, un coprolithe.

— Hein?! On m'a assommé à coups de crotte? ricana Alexandre. Vous ignorez que ce genre de fossile a beaucoup de valeur. Un spécimen de sept kilos datant de soixante-cinq millions d'années et appartenant au Royal Saskatchewan Museum a déjà été évalué à quinze mille dollars!

— Celui-ci n'a plus que la moitié de sa valeur! s'esclaffa Paul. Ta tête trop dure l'a brisé en deux morceaux!

— Avez-vous vu votre agresseur? lui demanda Laura, déjà en quête d'indices.

— Pas vraiment et je serais bien incapable de le reconnaître! La lumière était faible, je n'ai vu que trois dos! Ces ouvriers m'ont semblé assez jeunes, c'est tout ce que je peux dire. Est-ce qu'on les a arrêtés?

— Non, répliqua Laura. Il semble que personne ne les ait vus agir, à part vous. La police n'a ni piste ni témoin, mais elle interroge en ce moment même chaque ouvrier qui travaille sur le chantier du musée.

— Est-ce qu'on sait ce qu'ils trafiquaient dans les bureaux?

— Ils sont probablement venus cambrioler. Yann Lombardi, qui vous a trouvé sans connaissance, Robert Doyle et les policiers ont tout passé au peigne fin : les laboratoires, les bureaux et les ordinateurs. Ils ont constaté la disparition d'un tibia de *Tyrannosaurus rex* et d'un crâne de *Diplodocus* dans le laboratoire de Lombardi, ainsi que des traces de fouilles dans le bureau du professeur Wilkinson. C'est tout. Les voleurs n'ont peut-être pas eu le temps de finir leur travail.

— Tant mieux, jeune fille ! soupira Alex avec un large sourire. Si nous n'avons perdu qu'un tibia et un crâne dans cette affaire, c'est un moindre mal !

— En fait, les tiroirs des secrétaires du professeur Wilkinson ont été forcés et ouverts. Ils ont été retrouvés vides. On ne sait pas s'ils contenaient des objets qui auraient pu être volés.

— Le professeur n'a pas pu vous le confirmer ? s'étonna Alexandre. Ne me dites pas que ce vieux Wilkie ne se souvient pas de ce qu'il garde dans ses tiroirs ! Ai-je dormi assez longtemps pour qu'il soit devenu sénile ?

— Non, répondit Laura en rigolant, on n'arrive pas à le joindre. Il n'est pas au courant de ce qui s'est produit au musée. Il paraît qu'il est en vacances.

Soudain, quelqu'un fit irruption dans la chambre, interrompant la conversation entre Laura et le maquettiste.

— *What's happening here*[1] ? dit le médecin en fronçant les sourcils d'un air furieux.

Après avoir constaté que son patient était enfin sorti du coma, le docteur pria les visiteurs de quitter les lieux. Le convalescent devait se reposer et rester en observation

1. Que se passe-t-il ici ?

tandis que l'équipe médicale procéderait à des examens supplémentaires. Il affirma de façon catégorique qu'il ne laisserait ni la famille ni la police mettre en péril le rétablissement de son malade! Il dut pourtant céder quelques minutes à Alexandre, qui désirait s'entretenir d'une dernière chose importante avec son entourage.

— En attendant que je sorte d'ici, s'empressa d'ajouter ce dernier en s'adressant à Paul, Cathy et Laura, j'ai un service à vous demander. Le professeur Wilkinson vient de partir en vacances pour une période de deux semaines, mais il n'est peut-être pas si loin. Il se peut qu'il soit encore sur l'un de ses chantiers de fouilles du Dinosaur Provincial Park. Cela lui arrive de parcourir les soixante-dix kilomètres carrés du parc pendant des jours sans qu'on puisse le joindre! Je le connais bien, le vieux Wilkie: la paléontologie, c'est toute sa vie! Et c'est le meilleur de tous! Il nous en voudrait énormément si nous ne tentions pas l'impossible pour l'avertir rapidement qu'on a fouillé dans ses affaires! C'est peut-être très important pour lui! J'aimerais seulement que vous vous assuriez qu'il n'est pas au Dinosaur Provincial Park, c'est tout. Si vous le trouvez, je vous demande de l'informer du cambriolage.

— C'est d'accord! dit Paul avec enthousiasme.

— Yann Lombardi doit lui aussi essayer de le joindre, ajouta Laura. Mais nous vous promettons de faire l'impossible pour retrouver ce professeur!

— Et une promesse de Laura Berger a autant de valeur que de la crotte de dinosaure! plaisanta Cathy.

— Un gros merci, mes amis, conclut Alexandre, que la conversation avait épuisé. Vous pourrez dire que vous venez de la part du musée, Rachel préviendra Doyle.

11

LE PARC DES DINOSAURES

Le lendemain matin, Laura se réveilla plus tard qu'elle ne l'avait souhaité. Le ciel était d'un bleu superbe, sans un nuage. Il était près de onze heures lorsqu'elle pénétra dans la cuisine où flottait une délicieuse odeur de café et de pain grillé, vêtue d'un short kaki, d'un tee-shirt blanc et d'une paire de sandales. La maison des Lefrançois-Pronovost était déserte. Au pied de la table, elle reconnut le sac à dos de Cathy posé près d'un bagage en toile dont dépassaient des piquets.

— Salut! fit-on soudain depuis la porte d'entrée de la demeure.

— Bonjour! répondit gaiement Laura.

Cathy et son cousin Paul la rejoignirent dans la cuisine.

— Tu dormais si bien ce matin que je n'ai pas osé te réveiller! lui dit Cathy. On est allés déposer Rachel au musée pour qu'elle récupère la voiture d'Alex, restée dans le stationnement depuis son agression. Puis on s'est rendus à l'hôpital pour faire la bise au maquettiste enturbanné. Nous voilà enfin prêts pour une expédition au Dinosaur Provincial Park !

— J'ai une tente qui sera parfaite pour dormir dans le camping du parc, ajouta Paul, qui portait une tenue de sport bleu marine. J'espère que cela ne te dérange pas de camper, Laura ?

— Au contraire ! lui répondit-elle, enjouée. À nous, cette fameuse vallée des dinosaures !

Pour se rendre au parc des dinosaures, situé à environ deux heures de route au sud-est de Drumheller, il fallait longer la rivière Red Deer tapie au creux des ravins, puis traverser d'immenses plaines de cultures céréalières. Près des talus qui bordaient l'eau sombre et immobile, Laura et Cathy aperçurent pour la première fois des *hoodoos*, ces cheminées de fée sculptées par l'érosion et si caractéristiques des Badlands de l'Alberta. Puis leur regard se perdit à l'horizon au-dessus des plaines déjà engourdies par la chaleur de l'air. Au volant de la Subaru noire, Paul, qui n'en était pas à sa première visite, leur servait de guide.

— Le parc se situe dans la partie la plus spectaculaire de la vallée, expliqua-t-il. En 1912, un propriétaire de ranch et le Museum of Natural History de New York ont trouvé les premiers ossements de dinosaures dans le coin. En 1979, la région était classée site du patrimoine mondial de l'humanité par l'UNESCO! Voici justement l'entrée du Dinosaur Provincial Park, mesdemoiselles! À nous, la crête osseuse du *Corythosaurus* et la corne pointue du *Centrosaurus*!

La route qu'ils suivaient depuis plusieurs kilomètres parut prendre fin abruptement. Paul gara la voiture sur un terrain pierreux où un panneau indiquait un point de vue. Laura et Cathy ne virent d'abord que la clôture des terres cultivées qui s'arrêtaient net au bord d'un immense fossé. Puis elles s'approchèrent et le découvrirent avec stupeur! Le parc était blotti au fond du ravin au creux duquel coulait la rivière Red Deer. Quelques bâtiments modernes, un amphithéâtre, d'étroits sentiers, de petits autobus, des arbres, un camping rustique et un ruisseau ponctuaient ce décor désertique fait d'herbes sèches, de cactus, de *hoodoos* et d'immenses dunes de sable!

— Wow! s'exclama Laura, soufflée par la beauté du paysage.

— On se croirait sur la Lune! lança Cathy.

— Il y a un circuit de quelques kilomètres qu'on peut faire en voiture, et des sentiers pédestres permettant d'atteindre des vitrines où sont exposés des ossements de dinosaures et des panneaux d'explication, précisa Paul. Mais la plus grande partie du parc est interdite au public et réservée aux chercheurs. Elle ne se visite qu'en partie, avec un guide, en minibus et sur réservation !

— Quand je pense qu'on va camper là-dedans, au fond de cette vallée désolée, dit Cathy, inquiète.

— Oui ! confirma Paul. Et je vous avertis : ici, c'est le territoire des scorpions, des veuves noires et des serpents à sonnettes ! Alors, ne vous déplacez jamais sans vos chaussures de randonnée, des bas longs, votre chapeau pour vous protéger du soleil, et surtout, regardez où vous mettez les pieds !

— Tu plaisantes ? fit Cathy, incrédule.

— Pas du tout.

— Tu veux dire qu'on peut trouver ce genre d'animaux ici, au Canada ? s'étonna Laura en observant ses orteils nus. Au pays des ours, des phoques et des orignaux ?

— Parfaitement, ma chère ! Et n'attends pas de les croiser sur ton chemin pour me croire…

Cathy regarda son cousin, qui ne semblait pas plaisanter. Après tout, elle ne connaissait pas beaucoup ce grand garçon aux cheveux hirsutes et à l'air désinvolte. Peut-être se moquait-il d'elles.

Ils remontèrent en voiture et suivirent le chemin qui descendait dans la vallée jusqu'au pavillon d'accueil du parc. Près du stationnement, des panneaux indiquaient les différents services. Un bâtiment abritait une cafétéria, une buanderie, une boutique, une infirmerie, des douches et des toilettes. Dans un autre se trouvaient des bureaux administratifs et quelques logements pour le personnel. Près de l'entrée, un chantier préparait la construction d'un nouveau centre d'information pour les visiteurs, comprenant des laboratoires de recherche associés au Royal Tyrrell Museum of Paleontology.

Après avoir réglé les frais d'entrée et de camping, Paul s'engagea dans le circuit routier de cinq kilomètres qui faisait une boucle à l'intérieur du secteur public du parc. Le cousin de Cathy n'avait pas menti! De larges affiches avertissaient les visiteurs de la présence d'une faune particulière : le grand héron bleu, le cerf mulet, le coyote, le scorpion, la veuve noire et le crotale des prairies!

— C'est fou de penser qu'il y a des millions d'années, des centaines de dinosaures vivaient ici, dans ce paysage désertique, déclara Cathy, impressionnée.

— La végétation était bien différente à l'époque! précisa Paul. Au crétacé, ce territoire était recouvert de forêts et de plantes à fleurs. On va installer notre campement, après on ira se promener dans le parc.

— OK! s'exclama Cathy, ravie.

— Je ne voudrais pas être rabat-joie, dit Laura, mais il ne faut pas oublier qu'on est venus ici pour avertir le professeur Wilkinson du cambriolage! On devrait d'abord remplir la mission qu'Alex nous a confiée. Ensuite, on ira se balader.

— Oui, mon capitaine! s'écria Cathy. Ça m'était complètement sorti de la tête!

12

UN DRAGON DANS LE VENTRE

Les trois amis plantèrent leur tente sur un emplacement au beau milieu du camping, occupé en cette fin du mois d'août par une soixantaine de campements. Le terrain aride était parsemé d'arbres rabougris et bordé par un ruisseau presque à sec. De l'autre côté du cours d'eau, des *hoodoos* dominaient les dunes où seuls quelques buissons et cactus parvenaient à survivre. La chaleur accablante était prisonnière de la vallée et rendait l'air suffocant.

Tandis que Paul finissait d'établir leur campement, Laura enfila ses chaussures de randonnée et de grosses chaussettes de laine qu'elle rabattit sur ses chevilles. Il n'était pas trop tôt pour se protéger contre les morsures des serpents pouvant se balader sur l'herbe sèche! Cathy les avait quittés précipitamment pour se rendre au bloc sanitaire. En attendant le retour de son amie, Laura se mit à l'écart pour appeler ses parents sur son cellulaire et les avertir de leur changement de programme. Son père, professeur d'archéologie et de préhistoire, fut aussi surpris que ravi d'apprendre qu'elle avait visité le Royal Tyrrell Museum et se trouvait au cœur du parc des dinosaures! La jeune femme retourna s'asseoir près de Paul, qui lisait la brochure du parc au pied de la tente.

— Tu vas bien, Cathy? s'inquiéta Laura en constatant le teint blafard de son amie qui revenait auprès d'eux.

— J'ai un peu mal au ventre, mais ça va aller.

— Bon. Je suggère d'aller au comptoir d'accueil et de demander si le professeur Wilkinson a été vu dans le parc.

Le pavillon d'accueil était pratiquement désert. C'était un long édifice plat et blanc. Dans un coin, quelques touristes abrutis par la chaleur de l'après-midi sirotaient des rafraîchissements. On indiqua aux trois jeunes gens un guide qui parlait français. Âgé d'une trentaine d'années et répondant au nom de Jonas Tilley, le jeune homme à la tête frisée blonde renseigna les visiteurs:

— Le professeur Wilkinson n'a pas de bureau au Dinosaur Provincial Park, leur dit-il. Il a une roulotte lui servant de quartier général et de laboratoire, qu'il déplace au gré de ses chantiers de fouilles dans la réserve naturelle, qui est le secteur des chercheurs. Vous n'avez pas accès à ce secteur.

— Nous venons de la part d'Alexandre Pronovost, maquettiste au Royal Tyrrell Museum, et de Robert Doyle, qui en est le directeur adjoint, expliqua Laura. Nous devons absolument parler au professeur. Serait-il possible de lui dire que nous désirons le voir, s'il vous plaît ?

— C'est réellement monsieur Doyle qui vous envoie ? reprit le guide, impressionné.

— Oui, affirma Laura avec aplomb. Nous avons une nouvelle urgente à communiquer au professeur.

— Je vous mènerais jusqu'à lui avec plaisir, mademoiselle. Le problème, c'est qu'il n'est plus ici ! Il est parti en vacances. Je l'ai vu pour la dernière fois samedi matin. Il est passé au parc et je l'ai même salué. Il était particulièrement de bonne humeur !

— Zut ! s'exclama Laura.

— Savez-vous où on peut le joindre ? demanda Cathy d'un ton las.

— Non. Il m'a dit qu'il allait en Floride, c'est tout ce que je sais, dit Jonas.

— Avez-vous vu Yann Lombardi, un biologiste du musée ? lui demanda Paul. Il était supposé venir ici pour parler au professeur.

— Je connais Lombardi, il vient au parc de temps en temps pour travailler avec les chercheurs. Non, je ne l'ai pas vu au cours des derniers jours. Il y a eu un monde fou ici, cette fin de semaine, et puis je suis surtout en contact avec les touristes, moi.

— Bon, merci, lâcha Laura, déçue.

Il n'y avait plus rien à faire, maintenant. Le professeur ne serait probablement informé du cambriolage survenu au musée qu'après son retour de vacances.

— L'assistante de recherche du professeur Wilkinson, Alison Lindsay, est en mission en Arizona, reprit le guide du parc. Elle devrait revenir bientôt. Elle travaille surtout dans les locaux du musée, mais je sais qu'elle doit passer au parc jeudi pour mettre en place une animation pour les enfants. Peut-être qu'elle pourra vous dire comment joindre Wilkinson. Je lui dirai que vous désirez la voir, si vous voulez. Vous êtes au camping, c'est ça ?

— Oui, nous allons y rester quelques jours, le temps de visiter le parc, répondit Laura. Ce serait très gentil à vous de prévenir cette personne.

— Ce sera fait. Si vous voulez, je peux vous faire visiter le parc. Il n'y a pas de grands groupes de touristes cette semaine et j'ai du temps. Si vous me dites que c'est Doyle qui vous envoie, je peux m'arranger pour que votre visite s'étende au secteur habituellement interdit au public.

— Ce serait formidable! s'écria Laura.

— Par contre, j'ai besoin de vérifier votre identité. C'est une formalité, mais elle est obligatoire. Surtout qu'en ce moment, il y a un chantier exceptionnel. On a trouvé le squelette d'un petit dinosaure très rare dans le secteur nord et on ne doit pas déranger les gens qui travaillent là-bas.

— Pourquoi Wilkinson n'est-il pas resté ici pour être présent sur ce chantier, s'il est exceptionnel? ne put s'empêcher de demander Laura.

— Il s'y est déjà beaucoup investi. En plus, il paraît que ça fait six ans qu'il n'a pas pris de vacances! Il devait partir un mois, mais il a amputé son congé de deux semaines pour revenir plus tôt.

Les trois jeunes gens suivirent Jonas dans un bureau pour remplir une fiche. Paul resta discuter avec le guide pendant un moment. À la demande de Cathy, qui ne se sentait pas très bien et devait retourner aux toilettes, Laura téléphona rapidement à Rachel afin de lui transmettre les dernières nouvelles. Alexandre demeurait en observation à l'hôpital. Il se portait bien et ne paraissait pas avoir gardé de séquelles de son agression, à l'exception d'une énorme bosse située à l'arrière du crâne et de maux de tête. La police avait procédé à l'examen d'ADN du sang retrouvé sur le coprolithe et les résultats concordaient avec ceux du sang du maquettiste. Ce fossile était donc bien l'arme recherchée! Aucune empreinte n'y avait par ailleurs été découverte. Les policiers avaient également demandé à Alexandre de confronter les trente ouvriers travaillant sur le chantier de construction dès que son état de santé le lui permettrait. Lorsque Laura mit fin à la conversation et ferma son cellulaire, elle trouva le guide tout seul derrière le comptoir d'accueil.

— Voilà, c'est arrangé, confirma-t-il. Demain en matinée, je vous accompagne dans le secteur des chercheurs. Rendez-vous à ce même comptoir à onze heures. N'oubliez pas d'apporter votre chapeau, de l'eau, un léger pique-nique, ni de vous habiller de façon appropriée.

— Super! Merci infiniment, lui répondit Laura. Savez-vous par hasard où sont passés mes amis?

— Non, ils étaient là il y a cinq minutes.

— OK. Merci encore et à demain!

Ses deux compagnons d'aventure firent bientôt leur apparition. Le teint blême, la main sur l'estomac, Paul et Cathy ne respiraient pas la santé.

— J'ai des crampes atroces, soupira la blondinette. Comme si j'avais un dragon dans le ventre !

— Je dois avoir son cousin dans le mien ! ajouta Paul avec une grimace de douleur. Je me sens comme un *Diplodocus* qui aurait avalé trois tonnes de salade moisie.

13

CHANGEMENT DE PROGRAMME

— Vous êtes malades ? s'inquiéta Laura. On oublie la randonnée, alors !

— Non, non ! insista Paul dont les yeux bruns brillaient plus que de coutume. Ça ira. On va suivre les premiers sentiers du parc. Ils ne sont pas très longs.

Coiffée de sa casquette beige et armée d'une bouteille d'eau fraîche, Laura prit la tête du cortège et s'engagea sur le sentier Coulee Viewpoint. D'une longueur d'à peine un kilomètre, il permettait d'embrasser d'un seul regard les buttes et les ravins austères de la réserve naturelle. Ce n'est qu'en amorçant le sentier des Badlands qui serpentait entre les *hoodoos* et les formations rocheuses que Laura s'aperçut que ses amis n'étaient plus derrière elle. En pivotant sur elle-même, elle vit Paul et Cathy s'éloigner en courant, comme s'ils avaient décidé de l'abandonner au beau milieu de ce paysage austère qu'on disait infesté de bestioles dangereuses !

— Hé ! Qu'est-ce que vous faites ? leur cria-t-elle.

— On te rejoint au bout de ce sentier dans une demi-heure! hurla Cathy sans se retourner.

L'amie de Laura se tenait le ventre à deux mains comme si elle transportait un énorme ballon fragile! Paul resta muet et poursuivit sa course. Il semblait aussi mal en point que sa cousine.

Laura n'acheva pas sa petite randonnée. Elle rejoignit aussitôt le bloc sanitaire le plus proche où ses deux compagnons s'étaient discrètement éclipsés.

— Que se passe-t-il? leur demanda-t-elle alors qu'ils ressortaient au grand air.

— On a dû manger quelque chose de pas frais, supposa Cathy, toute blanche.

— Ouais, c'est sûrement ça, ajouta Paul.

— Pourtant, on a tous mangé la même chose aujourd'hui! s'étonna Laura. À moins que vous ayez pris une collation à l'hôpital, ce matin…?

— Non, on n'a rien pris du tout, dit Cathy. À part un verre d'eau.

— Je…

Laura ne termina pas sa phrase. Paul et Cathy avaient encore disparu dans les toilettes! Ne sachant trop quoi faire, elle fila au pavillon d'accueil, où se trouvait une infirmerie. L'infirmière de garde lui prodigua

quelques conseils en lui donnant des médicaments anti-nausée et des bouteilles d'eau.
Laura retrouva ses compagnons une demi-
heure plus tard, assis près de leur tente.

— Tu ne devrais pas trop t'approcher de
nous, Laura, lui recommanda Paul. On a
peut-être attrapé un virus, une gastro-entérite
ou un truc du genre.

— Je vous ai trouvé des médicaments,
répondit-elle, mais l'infirmière vous conseille
de vous mettre au lit et d'éviter la chaleur.

— On est arrivés à la même conclusion!
On n'a plus envie de rester ici, nous! Camper
sous cette canicule et se promener sur les
sentiers avec des coliques pareilles… Non
merci! Je préfère être dans mon lit!

— Paul a raison, gémit Cathy, à bout de
force. On devrait repartir à Drumheller, se
soigner correctement et revenir ici quand on
se sentira mieux.

— OK, approuva Laura. Je vous recon-
duis à la maison.

— Pas question, jeta Paul d'un ton ferme.
Si je prends ces médicaments, je serai capable
de conduire deux heures! Ce ne sera pas la
fin du monde. Entre nous, j'ai déjà fait pire
dans ma vie… Il vaut mieux que tu restes ici,
Laura. Ce serait trop bête que tu tombes

malade toi aussi, à cause de nous! On reviendra le plus vite possible.

— Vous êtes sûrs de vouloir partir seuls? demanda Laura. Cela m'ennuie beaucoup de vous laisser.

— C'est tout réfléchi! coupa l'adolescent. Le problème, c'est que tu n'auras plus de voiture, ici. Tu seras obligée d'aller jusqu'à la ville la plus proche et en louer une, si tu en as besoin.

— Je me débrouillerai. J'espère que vous irez vite mieux et que vous ne serez pas absents trop longtemps.

— Allez, Paul, dépêchons-nous de partir d'ici! s'impatienta Cathy. La seule pensée de pouvoir être au chaud dans un lit frais d'ici deux heures me donne des ailes!

14

UNE DRÔLE D'OMBRE

Il était près de vingt et une heures et les grillons chantaient de plus belle. Laura s'était enduite de crème antimoustiques. Assise en tailleur près de sa tente, dans son pyjama bleu ciel et son chandail de coton blanc, elle lisait à la lueur de la lampe torche la dernière édition du *Dinosaur Provincial Park Times*, qu'elle avait prise à l'entrée de la cafétéria au moment du souper. Comme elle l'avait promis à ses compagnons, elle irait visiter le parc avec le guide dès le lendemain, comme convenu.

Décidément, ce voyage dans les montagnes Rocheuses lui réservait bien des surprises! Après l'incendie du Beaver Lodge, l'attaque du maquettiste du Royal Tyrrell Museum et la traversée des plaines de l'Alberta à la vitesse de l'éclair, ses deux compagnons d'aventure étaient maintenant souffrants, la laissant toute seule dans l'un des plus beaux sites de fossiles de dinosaures au monde! Qui aurait pu prévoir de tels événements?

Le retour précipité de ses amis vers Drumheller s'était bien déroulé. Sous l'effet des médicaments, leurs crampes stomacales avaient faibli. Cathy avait appelé Laura sur son cellulaire pour l'avertir de leur arrivée à destination, précisant que tante Rachel était aussi malade qu'eux. Ils avaient dû attraper un virus à l'hôpital. Cathy avait hâte d'être de nouveau sur pied pour rejoindre son amie au pays des dinosaures !

Après la fermeture du pavillon d'accueil, à vingt et une heures, il ne restait plus dans le parc que les campeurs et le personnel. Les lieux étaient silencieux. Les deux campements qui enserraient celui de Laura étaient occupés, l'un par un jeune couple et un garçonnet, l'autre par un homme d'une quarantaine d'années et ses trois fils adolescents. Ces voisins étaient tranquilles et déjà couchés. Paul avait précisé à Laura que la plupart des campeurs ne passaient que quelques nuits dans ce camping. Ils étaient souvent exténués par la chaleur et les balades au grand air faites dans le parc durant la journée et se couchaient tôt. Ceux qui restaient dormir dans cet endroit isolé n'étaient pas là par hasard ! Ils étaient avant tout des passionnés du monde des dinosaures et des sciences.

Laura contempla une dernière fois les rayons violacés du coucher de soleil qui déchiraient le ciel. Juste comme elle s'apprêtait à faire glisser la fermeture éclair de la porte de sa tente, son regard fut attiré par quelque chose d'étrange… Une drôle d'ombre chinoise se projetait sur la colline. Assise, immobile, posée comme une marionnette noire qu'on aurait oubliée sur le sommet d'un *hoodoo*, une silhouette se détachait.

Laura prit aussitôt ses jumelles.

«Ce ventre rebondi, ce nez légèrement écrasé… Ce béret qu'il a sur la tête… Je crois bien que c'est lui!» pensa-t-elle, abasourdie.

15

SURPRISE !

Laura rechaussa aussitôt ses bottes de randonnée. Elle tenait à s'assurer de ce qu'elle croyait avoir vu. Si c'était bien lui, que faisait-il donc là-haut, tout seul ? Était-il en difficulté ?

Elle s'empara de sa lampe électrique et traversa le terrain de camping. Elle devait profiter des dernières lueurs du jour et se hâter d'avancer en direction de la colline si elle voulait avoir une chance de le retrouver.

Elle passa sur le petit pont qui enjambait le ruisseau et contourna une barrière. La butte sur laquelle elle l'avait aperçu n'était plus qu'à quelques dizaines de mètres. Il fallait gravir la pente abrupte avec précaution. Tête baissée, elle avançait avec peine, déjouant les minuscules plantes grasses et les graviers qui roulaient sous ses chaussures. C'est alors qu'elle le vit.

Concentré sur ses pas, il ne la remarqua pas immédiatement. Ce n'est que lorsqu'elle braqua sa lampe sur son visage à lui, puis sur son visage à elle, qu'il prit conscience qu'il n'était pas tout seul.

— Vous, ici ? s'écria-t-il.

Le vieux monsieur coiffé de son béret de paille manqua de tomber à la renverse tant il était surpris ! Sa figure s'illumina d'un large sourire lorsqu'il vit Laura. Celle-ci avait reconnu l'homme terrifié par l'avion qu'elle et Cathy avaient côtoyé lors de leur voyage entre Montréal et Edmonton.

— Vous, ici ! répéta-t-il. Vous êtes la fille de l'avion !

— Oui, bonsoir, monsieur, répondit Laura qui ne savait trop quoi dire à cet homme demeurant un inconnu. Mon nom est Laura. Je vous ai vu avec mes jumelles. Vous étiez perché sur cette colline et je me suis demandé si tout allait bien. Je venais justement à votre rencontre. Ça va ?

— Ne m'appelez pas *monsieur*, dit-il avec un joli accent italien. Je suis Antonio. Et cela ne va pas bien, non. Mais je ne veux pas vous ennuyer avec mes histoires.

— Vous ne m'ennuyez pas.

— C'est terrible.

— Que se passe-t-il ? demanda Laura, sensible à la voix chevrotante du vieil homme.

Antonio ne semblait pas très bavard et resta muet. Laura eut alors une idée.

— On va quitter cette colline et se rendre à la buanderie qui se trouve au pavillon d'accueil, lui dit-elle. C'est un des seuls endroits qui soient ouverts à cette heure-ci, c'est chauffé et il y a des bancs. On pourra s'asseoir tranquillement. Puis vous me raconterez ce qui se passe. On ne sait jamais, je peux peut-être vous aider ! Vous êtes d'accord ?

— Oui, fit-il en essuyant ses joues. Où est votre amie, la petite blonde ?

— Elle est malade et se repose. Elle devrait revenir bientôt.

Laura prit le bras d'Antonio pour l'aider à descendre la pente. De sa main droite, elle dirigeait la lampe torche pour éclairer le chemin plongé dans la noirceur.

— Je ne savais pas que vous veniez en vacances dans ce parc, lui dit-il.

— Moi non plus ! En fait, ce n'était pas prévu, mais c'est une longue histoire. Je vous la raconterai plus tard.

En silence, les deux flâneurs nocturnes passèrent le pont qui franchissait le ruisseau. Ils suivirent ensuite le chemin principal menant au pavillon d'accueil.

La buanderie était déserte. La petite pièce abritait deux longs bancs, deux machines à laver, une sécheuse à linge, un évier en émail et une poubelle. Une fois assise, Laura dévisagea discrètement son compagnon. Antonio devait avoir entre soixante et soixante-dix ans. Grand, courbé comme un vieil homme, le visage mat et buriné, il était vêtu d'un pantalon brun et d'un gilet noir un peu vieillot. La paille de ses petites chaussures maculées de terre sèche et d'herbes écrasées rappelait celle de son béret, qu'il avait posé sur ses genoux. Il donnait l'impression d'être à la fois timide, gentil et bourru.

— Vous êtes une bonne fille, Laura, déclara-t-il.

— Dites-moi ce qui ne va pas, lui demanda-t-elle, amusée.

Tous deux s'adossèrent plus confortablement contre le mur, comme s'ils se préparaient à passer la nuit à se confier des secrets.

— Par quoi je dois commencer ? fit-il en la regardant droit dans les yeux.

— Commencez par le début et racontez-moi tout !

— Bon. Je m'appelle Antonio. J'habite le quartier de la Petite Italie à Montréal, mais je suis né à Vignano, en Toscane, il y a soixante-six ans. Je suis veuf. Ma femme, Lucia, nous a quittés il y a trois ans.

Antonio interrompit son récit pour se signer du signe de la croix. Laura se mordit les lèvres. Cet homme allait-il une nouvelle fois décrire la campagne italienne, comme il l'avait fait dans l'avion sous l'effet du stress?

Mais il poursuivit aussitôt :

— Mon seul trésor, c'est mon fils. Il m'a invité à venir passer les vacances avec lui, en Alberta. Mais voilà : il a disparu!

Antonio se tut, comme s'il avait déjà tout dit.

— Comment ça, *disparu*? fit Laura, intriguée.

— Quand on est arrivés ici, hier après-midi, on s'est installés dans les locaux, là où il y a des chambres pour le personnel du parc. Il m'a dit qu'il allait saluer un ami et il n'est jamais revenu! Hier soir, j'ai cru qu'il était resté avec cet ami, alors je ne l'ai pas attendu pour aller me coucher. Mais ce matin, il n'était toujours pas revenu! Il a oublié son vieux père.

— Voyons, non! le rassura Laura, émue par la tristesse d'Antonio.

— J'ai téléphoné chez lui, ce matin. Il n'y avait personne. J'ai passé toute la journée à errer dans ce fichu parc à vieux bestiaux à me demander ce que j'allais pouvoir faire! Je n'ai trouvé personne à qui parler, à part des touristes. Et j'ai eu peur qu'on se moque de moi. Ma petite Laura! C'est un véritable malheur ! Je suis tout seul, je ne parle pas bien l'anglais et mon fils a disparu !

— Je sais ce que nous allons faire, lui dit-elle avec douceur. Vous allez aller vous coucher et vous reposer, et demain, ensemble, on ira se renseigner pour savoir si quelqu'un l'a vu dans le parc. Si personne ne l'a vu et qu'il demeure introuvable, on avisera. À quoi ressemble-t-il, votre fils ?

— C'est un beau garçon. Il est grand avec les cheveux et les yeux noirs. Il porte une tenue de sport kaki, une petite chaîne en or autour du cou et des lunettes.

— Il vous a dit qu'il allait voir un ami, la dernière fois que vous l'avez vu. Est-ce qu'il vous a donné le nom de cet ami ? Ça pourrait franchement nous aider.

— C'est un professeur, je crois. Kiki quelque chose.

— Attendez ! l'arrêta Laura. Vous ne voudriez pas dire Wilkinson, par hasard ?

— Si, c'est exactement ça. Vous le connaissez ?

— Comment s'appelle votre fils, Antonio ? demanda abruptement Laura.

— Yann. Yann Lombardi. Mon nom, c'est Antonio, Antonio Lombardi.

16

UNE VERTÈBRE DÉPLACÉE

— Yann Lombardi est votre fils? s'écria Laura, au comble de la surprise.

— Oui, répondit Antonio.

— Ça alors! Quel hasard!

— Vous le connaissez? s'étonna le vieil homme, sans comprendre pourquoi sa réponse avait plongé la jeune femme dans un tel état de surexcitation.

— De réputation, seulement!

— Mon fils est biologiste au musée des dinosaures. Il m'a expliqué qu'il y avait eu un cambriolage et qu'il était important qu'il en parle à un ami professeur. Cet ami venait de partir en vacances, mais il se trouvait peut-être encore ici, au parc, où il fait des fouilles. C'est pour ça qu'on est venus. Yann devait voir ce professeur, me faire visiter les squelettes de mammouth, puis m'emmener voir les plaines et les puits de pétrole! Il m'a dit de ne pas trop m'en faire s'il ne revenait pas tout de suite parce que son ami n'est pas toujours facile à trouver. Il se balade beaucoup dans le parc et on ne peut jamais savoir exactement où il est. Mais une journée d'attente, c'est tout de même long.

— Je comprends, acquiesça Laura, songeuse. Je vais vous raconter mon histoire, maintenant. Il se trouve qu'Alexandre, le petit ami de la tante de ma copine Cathy, que vous connaissez, travaille dans le même musée que votre fils. Il a d'ailleurs été agressé pendant le cambriolage. Les malfaiteurs ont volé des ossements et ont fouillé dans le bureau du professeur Wilkinson. Je suis venue ici pour avertir le professeur du cambriolage. Mais je suis arrivée trop tard. Wilkinson a quitté le parc samedi matin, pour partir en vacances. Ce qui signifie que lorsque votre fils vous a laissé dimanche après-midi pour aller à sa rencontre, il n'a pas pu le trouver.

— S'il ne l'a pas trouvé, comme vous dites, pourquoi est-ce qu'il n'est pas revenu?

— Je ne sais pas, avoua Laura, perplexe. Dans les circonstances, ce n'est pas normal que vous n'ayez pas de ses nouvelles.

— C'est ce que je me dis aussi! Il lui est arrivé quelque chose! Je ne sais pas, moi. Il est tombé dans un trou! Vous avez vu cet endroit? Il y a des trous partout! En Italie, on n'appellerait pas ça un parc, mais un dépotoir!

— Le plus probable, c'est qu'il ait croisé quelqu'un sur son chemin, un collègue ou un ami, et qu'il ait changé ses plans à la dernière minute. Il doit connaître pas mal de monde, ici. J'ai une idée, Antonio. Avant de paniquer et de prévenir la police, on va faire quelque chose. Demain, un guide me fait visiter le secteur réservé aux chercheurs, où se trouve justement la roulotte du professeur Wilkinson et qui lui sert de laboratoire. Vous nous accompagnerez. Peut-être y trouverons-nous les traces de votre fils. S'il est parti à la recherche du vieux Wilkie, il s'est certainement rendu jusque-là !

Le lendemain matin, la chaleur du soleil frappa la toile de tente si fort qu'elle transforma vite le petit habitacle en sauna, précipitant le réveil de notre campeuse. Après une douche et un copieux petit-déjeuner, Laura acheta à la boutique de la crème solaire, des bouteilles d'eau et deux sandwichs en prévision du pique-nique du midi. À dix heures, elle appela Cathy et lui raconta sa rencontre avec Antonio et sa première nuit passée sous la tente. Rachel, Paul et Cathy étaient toujours alités par une gastro-entérite dont souffrait également Alexandre! On avait détecté une épidémie à l'hôpital, il était même question de mettre les patients en quarantaine! Quelle histoire! Laura promit de rester dans le parc quelques jours encore. De toute façon, elle ne pouvait pas laisser le vieux Lombardi seul tant que son fils restait introuvable.

L'histoire du vieil Italien était aussi touchante qu'intrigante. Désemparé par la disparition de son fils et laissé à lui-même dans cet environnement anglophone, il ne pouvait être abandonné à son sort. Par ailleurs, l'absence prolongée de son fils était surprenante. Laura voulait tirer cette histoire au clair.

Elle se prépara pour la randonnée. N'ayant pas de voiture pour mettre à l'abri ses affaires, elle devait traîner partout avec elle son mini sac à dos contenant ses effets les plus précieux: papiers, cellulaire, lunettes de soleil et jumelles! Ses habits et ses affaires de toilette demeureraient sous la tente avec son sac de couchage. Elle n'avait sans doute pas à se soucier des vols dans un pareil endroit!

Elle se rendit au comptoir d'accueil, où elle avait rendez-vous avec Jonas et Antonio. Avec sa casquette, sa tenue kaki et ses grosses bottes de randonnée, Laura ressemblait elle-même à un guide du parc!

— Bonjour! lança-t-elle en direction de Jonas qui paraissait soucieux.

— Bonjour, Laura! Vous avez retrouvé vos amis?

— Oui, mais ils sont repartis! Ils sont tombés malades et ont préféré rentrer à Drumheller.

— Ah bon! C'est dommage. Vous serez donc toute seule pour cette visite?

— Justement, répondit Laura tandis que le vieil Italien les rejoignait timidement, vêtu d'un long short gris et de son gilet noir. Je vous présente Antonio Lombardi. Il est le père de Yann, le biologiste du musée. Il cherche son fils qui devrait être dans les parages. Cela ne vous dérange pas s'il vient avec nous?

— Pas du tout, mais je dois également l'enregistrer comme visiteur. Enchanté, Monsieur Lombardi! dit Jonas en serrant la main du vieil homme. J'ai déjà rencontré votre fils.

— Si c'était possible également de nous emmener vers la roulotte du professeur Wilkinson, ajouta Laura. Ce serait très gentil de votre part.

— Je vous ai dit hier que le professeur était parti en vacances.

— Oui, je sais, admit Laura, embarrassée. Mais le fils de monsieur Lombardi s'y trouve peut-être. Il était censé parler à Wilkinson et on ne l'a plus revu depuis.

— Elle est compliquée, votre histoire, commenta Jonas en fronçant les sourcils. D'accord, je peux vous y emmener.

— Merci infiniment !

— Vous n'avez que ça comme chaussures de marche ? lança le guide à l'intention du vieil Italien.

Laura baissa les yeux pour regarder les pieds d'Antonio. Il avait enfilé ses souliers de paille et de fins bas blancs.

— Oui, répondit-il. Mon fils voulait m'en acheter une autre paire, mais ces chaussures sont légères et avec cette chaleur, elles seront parfaites ! Je les ai nettoyées ce matin !

— Bon. Remontez vos bas sur vos mollets, alors, lui conseilla Jonas. Et regardez où vous mettez les pieds. On pourrait croiser des serpents là où on va.

— Ne vous inquiétez pas, j'ai l'œil pour repérer ces bestioles.

— En fait, j'ai bien failli annuler cette visite guidée, soupira Jonas.

— Ah bon ? dit Laura. Pourquoi ?

— Il y a eu un incident dans le parc, cette nuit. Je n'ai pas arrêté de courir partout depuis ce matin !

— Qu'est-ce qui s'est passé ? demanda la jeune femme avec curiosité.

— Comme je vous le disais hier, on a un chantier de fouilles exceptionnel, cet été. Des chercheurs ont découvert le squelette d'un petit *Daspletosaurus*, un dinosaure cousin du fameux *T-rex*[1], dans le secteur nord. Ce matin, j'ai appris par les gens qui dégagent les fossiles que les vertèbres et le crâne du squelette avaient été déplacés durant la nuit. Visiblement, on n'a rien volé, mais il paraît que le site est sens dessus dessous. Les chercheurs sont indignés.

— J'imagine ! s'exclama Laura.

— Vous comprenez, les paléontologues avaient presque fini leur travail de terrain. Il ne leur restait plus qu'à préparer le transport des fossiles. Ils sont découragés et complète-ment déboussolés !

— Est-ce qu'on pourrait aller voir ce site ?

— Bien, peut-être… Je ne peux pas vous le promettre. On verra si les chercheurs nous laissent approcher. Si on veut voir ce chantier

1. *T-rex* : contraction commune pour *Tyrannosaurus rex*.

en plus de la caravane du vieux Wilkie, je dois changer le parcours de ma visite guidée ! Je vous préviens que nous n'aurons pas le temps de voir tout ce que j'avais prévu vous montrer !

— Ce sera pour la prochaine fois ! convint Laura, reconnaissante. Merci beaucoup, vous êtes super gentil !

La jeune femme ne souhaitait surtout pas manquer cette occasion unique de voir des paléontologues en plein travail !

Par ailleurs, cela ne faisait plus aucun doute pour elle. L'attaque du maquettiste et le cambriolage du musée, la disparition subite du biologiste, cette zone de fouilles qui venait d'être saccagée... Il ne s'agissait pas des délires de son imagination : il se passait bel et bien des choses louches dans la vallée des dinosaures !

17

TERRITOIRE DE LUTTES

Notre trio embarqua enfin dans le mini-bus blanc dont les pneus à gros crampons ressemblaient à ceux d'un quatre-roues.

— Entre 1979 et 1991, on a extrait vingt-trois mille trois cent quarante-sept fossiles à l'intérieur du périmètre de ce parc, dont trois cents squelettes de dinosaures complets d'au moins trente-cinq espèces différentes! expliqua Jonas, tout en conduisant avec adresse dans les bancs de sable. Parmi les fossiles, on a trouvé des dizaines d'espèces de plantes, de poissons, de grenouilles, de tortues, de lézards, de salamandres, de crocodiles, de ptérosaures, d'oiseaux et de mammifères!

— C'est fou! s'exclama Laura qui sautait sur son siège sous l'impact des anfractuosités du chemin. Combien existe-t-il d'espèces de dinosaures?

— Depuis 1820, qui marque la trouvaille du premier fossile de dinosaure par un médecin en Angleterre[1], on a officiellement

1. Gideon Algernon Mantell (1790-1852), obstétricien, géologue et paléontologue britannique.

reconnu trois cents espèces, lui répondit Jonas qui venait d'ouvrir une barrière entourée de chaînes. Certains chercheurs pensent qu'il reste près de huit cents groupes de dinosaures à découvrir!

Après avoir roulé sur deux kilomètres et traversé une vallée encombrée de cactus et de roches, le guide immobilisa le minibus en plein milieu d'un sentier sablonneux, sur le sommet d'une colline. Antonio était resté silencieux depuis le départ et semblait même somnoler. Laura aperçut une petite pyramide de verre qui recouvrait la terre sur une superficie d'environ dix mètres carrés.

— Je vous invite à venir voir ce site, leur dit Jonas, en débarquant du véhicule.

La vitrine transparente et robuste exposait le squelette d'un dinosaure à l'endroit exact où on l'avait découvert. La formidable ossature du *Centrosaurus* était complète.

Le guide expliqua que d'immenses troupeaux de plusieurs milliers de cératopsiens avaient péri lors d'inondations dans la région, ce qui expliquait l'importance des gisements fossilifères. Ce grand «lézard à corne pointue», dont le squelette gisait sur le sol devant Laura et Antonio, n'avait cependant pas connu une mort par noyade. On disait que ce quadrupède puissant et agile, dont la longueur estimée était de six mètres et le poids, de plus de deux tonnes, avait probablement été attaqué par derrière par un grand prédateur, soixante-dix millions d'années auparavant, comme en témoignait l'entaille profonde sur la collerette osseuse aux bords dentelés qui ornait le dessus de son crâne.

Les dinosaures n'étaient pas tous de gros animaux! Certains ressemblaient à de vulgaires poulets et d'autres étaient gigantesques. Jonas précisa qu'un de leurs points communs était qu'ils éprouvaient tous de la difficulté à survivre. Différentes stratégies leur permettaient de se nourrir et de se protéger des prédateurs. Pour certains, comme les grands sauropodes, la taille était la meilleure des protections. Ils utilisaient également leur longue queue pour donner des coups de fouet. D'autres possédaient une protection intégrée. C'était le cas des cératopsiens avec leurs cornes frontales et des stégosaures avec leurs piques. La queue de l'*Ankylosaurus*, terminée par des boules osseuses, se transformait en véritable massue! Les dinosaures pouvaient également se défendre en se hérissant, comme les cératopsiens avec leurs collerettes et les stégosaures avec leurs plaques osseuses. D'autres vivaient

en troupeaux, ce qui dissuadait les prédateurs de les chasser.

Après cette étonnante visite, nos amis
reprirent la route de gravier pour s'arrêter
plus loin, au pied d'un immense *hoodoo* qui
ressemblait à un bâton de craie blanche
dressé dans les airs. Jonas proposa de marcher sur un sentier de terre qui s'enfonçait
dans la réserve naturelle.

De fragiles piliers de roche blanchâtre
formaient d'étroits canyons à peine ombragés.
Des oiseaux minuscules voletaient d'arbuste
en arbuste. Tâchant d'éviter les pierres, les
broussailles et les cactus qui jonchaient le
flanc des buttes, Antonio paraissait accablé
par la chaleur. Laura lui offrit de l'eau et un
sandwich, qui lui redonnèrent des forces.

— Nous arrivons! déclara Jonas. Le site
DPT-01 n'est pas loin. J'espère que les cher-
cheurs vont accepter qu'on y jette un œil!
Attendez-moi ici.

18

LE COUSIN DE *T-REX*

Le site DPT-01 avait été ainsi nommé en raison du dinosaure, le premier de cette espèce découvert cette année-là, qui venait d'y être repéré dans les strates géologiques du crétacé supérieur[1]: le *Daspletosaurus*. Une quinzaine de personnes se trouvaient éparpillées sur le flanc de la colline. Laura vit Jonas discuter avec un homme, puis avec un autre. Il leur fit enfin un geste de la main pour leur signifier qu'ils pouvaient, à leur tour, pénétrer sur le site.

Laura et Antonio s'approchèrent timidement, comme si leurs pieds touchaient une surface fragile et précieuse. Dans la zone de fouilles, ils virent des seaux, des morceaux de tapis, des truelles et des tamis. Au cœur de cette terre sèche, qui avait été lavée de tous ses débris et creusée en profondeur à de multiples endroits, reposaient les fossiles... Laura fit un autre pas en avant pour

---

1. Crétacé supérieur: période géologique s'étendant environ de -78 à -65 millions d'années.

contempler le petit squelette recroquevillé sur lui-même.

— C'est lui? murmura-t-elle, la gorge serrée.

— Oui, répondit le chercheur debout à côté de Jonas, visiblement ravi de constater qu'il avait affaire à une jeune francophone.

Laura remarqua l'ossature délicate, la longue queue, les dents pointues et le crâne allongé. Pétrifié depuis des millions d'années, le jeune dinosaure gisait au milieu des paléontologues qui travaillaient en silence. Comment avait-on osé lui nuire, lui qui avait su traverser les siècles pour venir nous livrer ses secrets merveilleux?

— Il est magnifique, n'est-ce pas? ajouta le chercheur avec un accent qui trahissait ses origines françaises. Cette espèce de dinosaure est très rare, vous savez. Par ailleurs, c'est la première fois que nous trouvons un jeune.

— Il est superbe, chuchota Laura.

— Le *Daspletosaurus*, dont le nom signifie « effroyable reptile carnivore », est un cousin de *T-rex* que vous connaissez, j'en suis certain, expliqua-t-il à voix basse pour ne pas déranger ses collègues en plein travail. À l'âge adulte, ce théropode pouvait mesurer neuf mètres de longueur et peser jusqu'à quatre tonnes! Avec ses mâchoires puissantes, ses dents immenses semblables à des épées effilées, ses pieds griffus et sa taille, ce carnivore pouvait tuer les grands dinosaures à cornes qui peuplaient les forêts d'Amérique du Nord. D'après ce que l'on sait, le *Daspletosaurus* a disparu seulement quatre millions d'années avant la crise K-T.

— Qu'est-ce que vous appelez *la crise K-T*? demanda Laura, un peu gênée d'avouer son ignorance.

— Vous voyez, sur le flanc de la colline, là-bas, la différence nette qu'il y a entre les couches géologiques inférieures, qui sont claires, et celles du dessus, beaucoup plus foncées? fit-il en pointant son index vers la falaise. Cette démarcation étonnante témoigne d'un événement qui se serait produit il y a soixante-cinq millions d'années et qui correspondrait à la disparition des dinosaures, soit la collision d'une grosse météorite avec la Terre. Cette frontière entre les strates géologiques, qui marque la fin d'une période et le début d'une autre, a été appelée frontière K-T, «K» pour fin du crétacé, pour ne pas confondre avec les périodes antérieures du cambrien et du carbonifère, et «T» pour début de l'ère tertiaire. Cette démarcation n'est pas toujours aussi distincte! Elle a été mise à jour de façon remarquable ici même, dans les Badlands de l'Alberta!

— Cette ligne est franchement nette! s'exclama Laura, époustouflée. Ce doit être le paradis des géologues et des biologistes, ici! Au fait, est-ce que vous auriez vu par hasard Yann Lombardi, le biologiste du Royal Tyrrell Museum? Nous le cherchons.

— Non, je le connais bien, mais il n'est pas venu par ici. Je suis désolé, mais il est temps pour moi de poursuivre mon ouvrage, s'excusa le chercheur qui s'apprêtait à quitter les visiteurs.

— Savez-vous ce qui s'est passé ici, la nuit dernière? s'empressa de lui demander Laura avant qu'il ne s'éloigne.

— Pas vraiment... On a constaté des trous un peu partout sur la colline. Le crâne et les vertèbres du *Daspletosaurus* ont été délogés de leur emplacement initial et quelqu'un a creusé la terre autour du squelette avec une grosse pelle, ce qui signifie sans doute qu'on a voulu saboter notre chantier. C'est un sacrilège d'utiliser des pelles, ici! Voyez plutôt, mademoiselle, le genre d'outils qu'on utilise!

Sous le nez de Laura, le paléontologue brandit un pinceau doux au bout duquel pendaient quelques poils gris.

— Est-ce que vous allez pouvoir tout remettre en place? lui demanda-t-elle, un peu intimidée.

— Nous essaierons. Je pense que nous pouvons y parvenir. Aucun os n'a été volé et nous avions déjà dessiné et photographié la position du squelette. Maintenant, je vous saurais gré de nous laisser travailler.

— Bien sûr, fit Laura, confuse. Merci infiniment pour toutes ces explications.

Laura, Jonas et Antonio s'éloignèrent en silence, reprenant en sens inverse le chemin qui les avait menés jusqu'au site DPT-01.

— Si je comprends bien, dit enfin Laura, cette partie du parc qui est dans la réserve naturelle n'est pas clôturée. Tout le monde peut y avoir accès!

— Je dirais plutôt que ce secteur est interdit au public, rétorqua Jonas. Il y a des panneaux partout! Deux gardes surveillent durant la journée si le public ne se promène pas dans les endroits défendus. Des ravins profonds forment des remparts naturels autour de la réserve. Il faut vouloir traverser ces nids à serpents! On ne peut quand même pas clôturer soixante-dix kilomètres carrés de Badlands!

— Les malfaiteurs qui s'en sont pris aux ossements du petit dinosaure ont pu pénétrer les lieux sans souci, en tout cas.

— Ils n'ont pas pu venir avec leur propre véhicule, car il y a une barrière sur la seule route du secteur et elle est fermée par des chaînes et un gros cadenas. Ils ont dû marcher à travers les dunes et les collines. Si c'est un tour que quelqu'un a voulu jouer aux chercheurs, je ne le trouve pas drôle.

— Il est même très stupide! renchérit Laura tandis qu'ils regagnaient leur minibus.

— Bon. Allons voir la caravane du vieux Wilkie, maintenant!

— Ce n'est pas trop tôt... chuchota Antonio Lombardi qui n'avait pas ouvert la bouche une seule fois depuis le début de la visite.

19

LA ROULOTTE

— Le vieux Wilkie... répéta Antonio. Je ne trouve pas que c'est un nom très respectueux pour un professeur !

— C'est un surnom affectueux qu'on lui a donné et qu'il aime bien, se défendit Jonas.

— On dirait le nom d'un vieux chien !

— Que fait-il ici, exactement ? demanda Laura.

— Il fait comme tous les autres paléontologues ! Il passe son temps à arpenter les vallées et les zones détritiques[1] à la recherche de fragments d'os. Lorsqu'il trouve un fossile à flanc de colline, il tente de remonter à sa source et passe ses journées courbé sur le sol à dégager minutieusement la roche à l'aide de petits pinceaux !

— Dans quel secteur travaille-t-il ?

— Il a passé les dernières semaines sur le site DPT-01 avec les autres chercheurs.

1. Zone détritique : zone partiellement formée de débris. Ces débris peuvent provenir de la désagrégation de roches, par exemple.

Sinon, je sais qu'il explore les Badlands en étudiant les cartes géologiques. Le vieux Wilkie est un solitaire et un grand marcheur. Voici justement sa roulotte qu'on aperçoit là-bas, près du *hoodoo*.

Jonas gara le minibus près de la cheminée de fée. Posée sur le sable dans une zone rocailleuse où serpentait un ruisseau, la caravane Airstream en aluminium poli resplendissait sous le soleil. Elle ressemblait à un suppositoire géant!

— Avec tout l'argent que ces professeurs gagnent, ces pingres vivent dans des roulottes! déclara Antonio d'un air dégoûté.

— Wilkinson ne vit pas ici, c'est son laboratoire de terrain! répliqua Jonas. Et puis les chercheurs sont loin d'être des gens riches!

— À quoi leur a servi de faire toutes ces études, alors? fit le vieil homme grognon, arrachant un soupir d'exaspération au guide.

Jonas se sentait perdre patience. C'était pourtant lui qui avait proposé à cette fille envoyée par Doyle et à son ami bourru de visiter le Dinosaur Provincial Park en sa compagnie… Personne ne l'y avait forcé! Il en avait d'ailleurs bien profité. Sans eux ni leur appui du musée, il n'aurait jamais osé

111

approcher le site du *Daspletosaurus* ni le paléontologue français qui en avait la charge!

Les lieux à proximité de la caravane du vieux Wilkie étaient déserts. Laura inspecta le sol. Sur cette terre sèche et aride, elle ne distingua aucune trace de pas ni de roue. Elle fit le tour de la roulotte dont les rideaux étaient tirés. Antonio Lombardi la suivit dans son inspection, puis vint se placer debout devant la porte fermée de ce laboratoire ambulant.

— Alors? lança-t-il à l'intention de Jonas.

— Alors, quoi? lui répondit le guide qui s'était assis sur une roche, près du minibus.

— Vous l'ouvrez, cette roulotte, ou quoi?

— Je n'en ai pas la clef! Il n'y a que le professeur et son assistante qui la possèdent! Nous sommes sur un terrain privé, je vous signale.

— Ce n'est pas vrai! ronchonna Antonio.

— Vous m'avez demandé de vous conduire ici, pas de visiter la caravane! Si vous me l'aviez demandé, je vous aurais tout de suite dit que c'était impossible!

— Bien sûr, intervint Laura, qui sentait le guide à bout de nerfs. En tout cas, votre fils n'est pas ici, Antonio.

Le père du biologiste frappa à la porte de la roulotte en hurlant.

— Yann! Yaaaannnn! cria-t-il.

— Voyons, monsieur Lombardi, votre fils n'est pas là, dit Jonas. Il est probablement passé en voiturette, mais il n'est plus ici.

— Le personnel qui désire se déplacer à l'intérieur de la réserve naturelle utilise des voiturettes? demanda Laura.

— Oui. Des voiturettes ou des minibus électriques, lorsqu'il y a du matériel à transporter. Il y a un parc de véhicules à la disposition du personnel et des chercheurs, derrière le pavillon administratif. Ce sont les moyens de transport les plus faciles et les plus écologiques.

— N'importe quel chercheur, paléontologue ou ouvrier peut les utiliser?

— Oui.

— À condition d'avoir la clef de la barrière, j'imagine!

— Elle se trouve dans chacun des véhicules, dans une pochette près du volant, avec la clef de contact. Pourquoi me posez-vous toutes ces questions?

— Euh... bredouilla Laura. Je me demandais si quelqu'un avait pu emprunter un véhicule du parc pour aller faire du grabuge sur le site DPT-01.

— C'est impossible, j'ai vérifié. Aucun de ces véhicules, soit trois minibus et treize voiturettes, n'a quitté le stationnement durant la nuit. Et puis le terrain où ils sont garés est grillagé et fermé à clef chaque soir à vingt-deux heures, pour éviter les vols. Monsieur, s'il vous plaît, arrêtez immédiatement! Vous ne pouvez pas secouer la caravane du professeur Wilkinson de cette façon, voyons!

Laura se retourna et découvrit le spectacle singulier qu'offrait son compagnon. Antonio Lombardi avait retroussé les manches de son gilet noir et poussait avec force les parois d'aluminium de la roulotte! L'exercice périlleux pouvait la faire basculer à la renverse d'un moment à l'autre!

— Arrêtez, Antonio, ce que vous faites est très dangereux! hurla-t-elle. Nous allons informer la police albertaine de la disparition de Yann. Nous avons suffisamment attendu maintenant. Les policiers sauront nous aider à le retrouver, j'en suis certaine!

Deux heures plus tard, Laura expliquait la situation aux policiers qui s'étaient rendus au parc des dinosaures à la suite de son appel. Dans un coin de la salle à manger de la cafétéria, elle présenta Antonio aux deux hommes puis raconta les détails de la disparition probable de son fils biologiste, employé du Royal Tyrrell Museum. Les deux gardes qui surveillaient le parc furent également convoqués pour l'occasion et confirmèrent qu'ils n'avaient pas croisé celui qu'on recherchait. Les policiers rassurèrent Antonio puis précisèrent à Laura qu'ils allaient mener une enquête. D'autant que ce Lombardi était le même homme qui venait de trouver un collègue sans connaissance sur le sol de son bureau! Cette coïncidence était suspecte. On demanda à Antonio Lombardi de ne pas quitter la région et on lui promit des nouvelles très prochainement. Le vieil Italien poussa un soupir de soulagement dès le départ des policiers. Enfin, des professionnels allaient s'occuper sérieusement de retrouver son fils!

De retour à son campement après avoir soupé et s'être douchée, Laura pensa et repensa à cette histoire abracadabrante dont les chapitres se déroulaient depuis son arrivée en Alberta. Que se passait-il donc dans la vallée des dinosaures? Chaque événement paraissait avoir, de près ou de loin, un rapport avec le professeur Wilkinson! On avait fouillé dans ses tiroirs au Royal Tyrrell Museum, quelqu'un avait disparu en le cherchant dans le Dinosaur Provincial Park et le site DPT-01 sur lequel il s'était beaucoup investi avait été chamboulé durant la nuit ! Que fabriquait ce vieux Wilkie pendant ses vacances ? Laura ne pouvait s'empêcher de penser qu'il était impliqué d'une façon ou d'une autre dans ces incidents. Elle ne devait cependant pas céder aux délires de son imagination. Tous les scientifiques n'étaient pas des bandits[1] !

Emmitouflée dans son sac de couchage, notre campeuse ne trouva le sommeil qu'après de longues heures. Le souvenir du petit *Daspletosaurus* couché sur la terre froide de la vallée voisine ne cessait de la hanter. Au cœur d'un rêve étrange, elle se laissa emporter dans une farandole effrénée où les rondins cendrés du Beaver Lodge et de grands orteils griffus de dinosaures dansaient au son des grillons…

---

1. Voir *La Nuit du Viking*, Atout aventure, Éditions Hurtubise HMH, 2006.

20

UNE HYPOTHÈSE DOUTEUSE

Le lendemain matin, Laura fut réveillée par la pluie fine qui tombait sur le toit de sa tente. À la cafétéria, elle ne croisa pas Antonio Lombardi. Le vieil Italien avait sans doute suivi ses conseils : se reposer et cesser de trop s'inquiéter. En ce mercredi, de nombreux écoliers avaient pris d'assaut les minibus des visites guidées afin de parcourir le Dinosaur Provincial Park avec leurs professeurs. Laura ne s'embarrassa pas de sa casquette et enfila son coupe-vent pour aller se promener dans le secteur public du parc.

Après avoir suivi le sentier des Badlands, elle longea le circuit routier et poursuivit sa balade sur le sentier des Chasseurs de fossiles. Au cœur des collines recouvertes de sable et de broussailles, un petit édifice blanc orné de trois colonnes abritait une vitrine exposant des ossements et la reconstitution d'un chantier de fouilles paléontologiques. Des touristes venus en voiture examinaient l'exposition. Laura mangea son sandwich et lut avec intérêt la dizaine de panneaux d'interprétation.

D'autres voitures et un minibus se garèrent bientôt dans le stationnement, déversant un flot de visiteurs. Souhaitant éviter la foule et rejoindre le prochain sentier en coupant à travers la lande, Laura demanda son chemin à deux jeunes électriciens travaillant non loin du site. Ils discutèrent un court instant. Il y avait une panne dans le secteur et ils devaient réparer les câbles enfouis sous terre. Ils lui indiquèrent la direction à suivre avant de se remettre au travail, empêtrés dans les fils électriques que Laura aperçut au fond d'un trou. Elle découvrit enfin le sentier Cottonwood Flats Trail bordé de peupliers faux-trembles dont les feuilles plates frissonnaient sous la brise. Leurs fleurs blanches et pelucheuses ressemblaient à de petites balles de coton ! Le *Diplodocus* aurait-il apprécié une tonne de ces fleurs pour déjeuner ? Aurait-il pris ces pierres dispersées sur le chemin pour les digérer ? On disait que les dinosaures sauropodes ne possédaient pas d'appareil masticateur et avalaient des cailloux pour y remédier ! Ces gastrolithes, véritables pierres qu'ils ingurgitaient et rejetaient avec leurs selles lorsqu'elles étaient usées et arrondies, broyaient le feuillage dans leur estomac.

Sous l'effet du vent qui s'était intensifié, les nuages avaient complètement disparu du ciel et le soleil frappait maintenant très fort la terre des Badlands. Abrutie par la chaleur, Laura quitta le décor sauvage des sentiers et reprit la direction de son campement pour se changer. Elle se rendit ensuite à la cafétéria pour assouvir son plus cher désir : y savourer une limonade à l'ancienne ! Se cherchant une place dans la salle climatisée, elle croisa le regard d'Antonio Lombardi, attablé devant une assiette de bifteck et de frites.

— Bonjour, Antonio ! lui dit-elle en s'asseyant face à lui. Vous avez bien dormi ?

— Bonjour. Oui, merci. Je n'ai pas quitté cette pièce depuis ce midi ! On respire bien mieux ici qu'à l'extérieur, avec cette canicule ! Le problème, c'est que ça sent tellement bon que je n'arrête pas de manger.

— C'est bon signe ! Je suis allée faire une superbe randonnée. J'espère que vous aurez l'occasion de visiter ces endroits-là plus tard.

— J'ai des nouvelles de mon fils, déclara-t-il, le regard maussade.

— Ah bon ? C'est formidable ! Vous lui avez parlé ?

— Non. Les policiers m'ont appelé. C'est Jonas qui leur a parlé parce que moi et l'anglais… Ils ont survolé le parc des dinosaures en hélicoptère pour voir si tout était normal. Ils n'ont rien vu de particulier. En fait, ils pensent que Yann est parti d'urgence à cause d'une histoire de cœur.

— Une histoire de cœur? répéta Laura, étonnée.

— Oui. Les policiers sont allés dans son appartement et tout semblait normal. Ils ont ensuite écouté les messages sur son répondeur téléphonique. C'est comme ça qu'ils ont compris qu'il avait une copine à Vancouver et que ça ne se passait pas très bien entre eux. D'après la police, Yann a dû écouter ces messages à distance et partir précipitamment pour rejoindre son amie. Il n'aurait pas eu le temps de me prévenir, mais il ne va pas tarder à le faire. Les policiers me l'ont dit.

— C'est sans doute vrai, fit Laura qui demeurait toutefois sceptique face à cette version des faits.

Selon elle, l'absence prolongée du biologiste demeurait anormale. Si cette histoire de copine était vraie, la façon dont il avait laissé tomber son vieux père en plein milieu du parc des dinosaures était plutôt grossière! Par ailleurs, Laura commençait à douter des véritables intentions du fils Lombardi. Sa disparition, un jour seulement après qu'il eut trouvé son collègue sans connaissance dans

son laboratoire, était quand même suspecte!
La jeune femme ne confia pas ses doutes à
Antonio, qui semblait avoir une confiance
inébranlable dans les dires de la police et ne
méritait pas d'être davantage inquiété.

— Vous ne paraissez pas content,
remarqua-t-elle.

— Pour tout vous dire, je ne savais pas
que Yann avait une amie! Cela m'attriste
énormément qu'il ne m'en ait jamais parlé.
J'aurais aimé la rencontrer.

— Vous la rencontrerez sûrement, le rassura Laura.

— Laura Berger! fit-on dans son dos.

La jeune femme se retourna aussitôt et
vit Jonas s'avancer vers eux.

— L'assistante du professeur Wilkinson
vient de m'appeler, annonça-t-il. Elle sera ici
demain, jeudi. Je lui ai dit que vous désiriez
la rencontrer. Elle vous attendra devant le
comptoir d'accueil, à quatorze heures. Ça
vous va?

— C'est formidable! Je vous remercie,
Jonas! lui répondit-elle alors qu'il tournait
déjà les talons. Je sens que nos mystères vont
bientôt s'éclaircir! Antonio, ce soir, il y a
un spectacle sur les dinosaures, à l'amphithéâtre. Je vais y aller. Accompagnez-moi! Je
suis sûre que ce sera amusant!

— C'est d'accord, dit le vieil homme. Ça me changera les idées.

Ils se donnèrent rendez-vous un peu plus tard, le temps pour Laura de se doucher, de souper et d'appeler ses amis à Drumheller. Hélas, ceux-ci étaient toujours malades! Le secteur de l'hôpital où se trouvait Alexandre venait d'être mis en quarantaine et il n'était pas question d'en sortir pour le maquettiste, qui se remettait à peine de son agression.

Laura ne s'était pas trompée : le spectacle de la soirée fut aussi amusant qu'instructif! Des membres du personnel du parc s'étaient déguisés en paléontologues et déblatéraient des bêtises sur les dinosaures. Le vieil Italien ne comprit rien à la première partie du spectacle donnée en langue anglaise, mais il s'amusa comme un enfant au cours de la seconde, alors que les comédiens présentèrent des acrobaties clownesques dignes d'une représentation de *commedia dell'arte*[1]!

Malgré la bonne humeur qui régnait dans l'amphithéâtre, Laura ne se sentait pas bien. Un mal de tête intense lui martelait le

1. *Commedia dell'arte* : genre théâtral originaire d'Italie, en vogue du xvie siècle au xviiie siècle, fondé sur l'improvisation, les acrobaties et l'utilisation du masque.

crâne. Son corps était parcouru tantôt de frissons, tantôt de suées brûlantes. Était-elle en train de succomber à son tour aux maux qui avaient terrassé Paul et Cathy ? Les dragons dont ils s'étaient plaints étaient-ils à présent dans son ventre ? Elle dut quitter les lieux bien avant la fin du spectacle.

— Je me sens un peu malade, Antonio, je vais rentrer me coucher maintenant, chuchota-t-elle à son compagnon. Vous viendrez avec moi demain rencontrer l'assistante du professeur, n'est-ce pas ?

— Oui, répondit-il. Merci encore pour cette soirée, Laura. On a bien rigolé ! Prenez soin de vous, mon petit. Vous avez l'air d'avoir attrapé un sacré coup de chaud aujourd'hui !

— Un coup de chaud ? répéta Laura à voix basse.

— Oui ! Une insolation, quoi !

Laura avait remarqué la rougeur de son visage et de ses mollets lorsqu'elle avait fait sa toilette, plus tôt. Son nez semblable à un radis écarlate lui avait d'ailleurs rappelé la crête rouge vif du *Lambeosaurus*, ce dinosaure quadrupède aperçu sur un dessin du Royal Tyrrell Museum ! Antonio avait raison ! Son mal de crâne, ses nausées, ses suées et ses frissons étaient vraisemblablement dus à une insolation. Elle s'était promenée toute la journée sans sa casquette et avait omis de s'enduire de crème solaire. Elle devait aller se reposer et boire de l'eau fraîche, en priant pour que son état n'empire pas au cours de la nuit !

Laura traversa le camping au pas de course. Les lieux étaient déserts. Les campeurs étaient bien moins nombreux que la veille et se trouvaient probablement encore sur les lieux du spectacle. Elle rentra sous sa tente et enfila son pyjama dans la noirceur. Puis elle s'allongea. Dans sa tête résonnait le battement de son cœur. Ses tempes lui brûlaient. Elle ferma les yeux. Des hallucinations visuelles et sonores brouillaient ses sens. Un sifflement bourdonna dans ses oreilles. Parviendrait-elle à dormir malgré ces maux puissants ?

Excédée par ces bruits infernaux qui peuplaient son esprit, Laura alluma sa lampe torche et but une gorgée d'eau. Puis elle se coucha sur le ventre, posant sa tête fiévreuse sur l'oreiller frais. C'est là qu'elle le vit.

Dressé, immobile devant elle, prêt à l'attaque, le serpent à sonnettes la fixait de son regard perçant.

21

LE CROTALE

— Ahhhhhhhhhhhh! hurla Laura en bondissant hors de sa tente.

Tout se passa en quelques secondes.

Prise de panique, la jeune femme se précipita vers la table de pique-nique d'un campement voisin, près de laquelle elle se souvenait d'avoir vu une pelle. Elle chercha l'outil à tâtons, dans le noir, et saisit l'instrument avec rage.

Désormais armée, elle revint vers sa tente et en entrouvrit l'entrée. Dans la bousculade, la lampe électrique posée au pied de son sac de couchage était tombée à la renverse et n'éclairait plus l'intérieur de l'habitacle. Sans prendre le temps de réfléchir, Laura plongea sa main tremblante dans l'ouverture pour orienter le faisceau de lumière.

Le reptile n'avait pas bougé.

D'une longueur d'un mètre environ, le bout de la queue vrillé en une succession d'anneaux clairs, le crotale des prairies à la peau écaillée couleur sable se dressait près de l'oreiller de Laura, immobile.

La jeune femme ne le quitta pas des yeux. Elle ne souffrait soudainement plus de nausée, ni de frisson, ni de suée. La terreur qui s'était emparée d'elle devant la bête venimeuse avait bel et bien dissipé les symptômes de son insolation.

Son cri avait déchiré la nuit, mais personne ne paraissait l'avoir entendu. À moins que Laura n'ait crié que dans sa tête… Elle avait agi si vite pour échapper au danger qu'elle n'aurait su dire si un son était véritablement sorti de sa bouche !

Après un moment interminable au cours duquel ni le serpent ni Laura ne bougèrent d'un millimètre, la bête descendit au sol et se mit à glisser le long du sac de couchage en direction de l'ouverture de la tente.

Laura cessa de respirer. Les mains plus que jamais cramponnées autour du manche de la pelle, elle suivait chaque ondulation du serpent, prête à le battre à mort s'il le fallait.

Elle recula doucement. L'animal quitta la tente, s'apprêtant à disparaître dans la nuit. Laura en profita pour s'emparer de sa lampe et la braqua sur le reptile qui s'éloignait, flottant au-dessus de l'herbe sèche comme une onde à la surface d'un lac. Ce dernier ne s'arrêta pas et poursuivit sa route jusqu'au ruisseau.

Laura resta un moment figée sur place. Sa terreur des serpents l'avait aveuglée. L'animal n'était pas agressif. Il semblait avoir été aussi surpris qu'elle par leur rencontre fortuite.

Le crotale s'était sans doute glissé sous la tente en même temps qu'elle, à son retour de l'amphithéâtre. À moins qu'il ne s'y soit introduit plus tôt? Quoi qu'il en soit, Laura avait été d'une imprudence extrême! Malgré les avertissements et les multiples panneaux prévenant de la présence d'animaux potentiellement mortels dans le parc, elle s'était couchée sans avoir inspecté les moindres recoins de sa tente! Elle n'était pas près d'oublier cette leçon!

Le danger éloigné, elle n'avait plus à se défendre et pouvait lâcher cette pelle, qu'elle remit à sa place. Avant de se recoucher, Laura passa son campement au peigne fin. Elle vérifia minutieusement l'intérieur de son sac de couchage, la taie de son oreiller, son sac de voyage et ses affaires personnelles, ne trouvant pour locataire imprévu qu'une coccinelle endormie sur une petite culotte! Puis elle sortit et referma sa maisonnette de toile avec précaution.

Elle en fit plus d'une fois le tour afin de s'assurer qu'aucun trou dans le tissu ne pouvait servir d'entrée à un animal clandestin. Puis elle entreprit une dernière inspection des alentours du campement. Le serpent avait disparu et aucun autre ne semblait se trouver dans les parages.

Des faisceaux lumineux balayèrent soudain l'entrée du camping, trahissant le retour des campeurs qui étaient allés assister au spectacle et cheminaient à la lueur de leur torche. Laura se glissa enfin sous sa tente et dans son sac de couchage, à la fois exténuée, fiévreuse et bouleversée par cette aventure terrible qui avait failli lui coûter la vie.

Elle garda sa lampe électrique allumée une grande partie de la nuit, comme si la lumière pouvait repousser les cauchemars et combattre la solitude. Les yeux rivés sur l'endroit où elle avait aperçu le crotale pour la première fois, Laura l'imagina traverser les Badlands sous le sifflement des insectes nocturnes.

Jamais elle n'avait ressenti une telle peur…

22

L'INSPECTION

Laura se réveilla tard, en état de panique. Elle s'était endormie vers cinq heures du matin et avait fait d'affreux rêves! En sortant de sa tente, elle aperçut la pelle posée sur la table de pique-nique, témoin de son aventure avec le crotale, et ses chaussures de randonnée, qu'elle avait retournées sur elles-mêmes pour éviter que des animaux s'y logent durant son sommeil.

Il était midi passé! Laura devait se hâter si elle ne voulait pas manquer son rendez-vous avec l'assistante de Wilkinson. Elle fit sa toilette et alla déjeuner rapidement. Lorsqu'elle se rendit enfin au comptoir d'accueil des visiteurs, elle vit Antonio Lombardi discuter avec une petite jeune femme brune vêtue à la garçonne.

— Bonjour, leur dit-elle. Je ne suis pas en retard, j'espère!

— Bonjour, Laura! lança Antonio, visiblement de très bonne humeur. Non, vous n'êtes pas en retard, mon petit! Je vous présente

Alison, elle est l'assistante du professeur Wilkinson et elle parle notre langue!

— Enchantée, fit Laura en serrant la main qui lui était tendue.

— Enchantée, Laura, lui répondit la jeune femme aux jolis yeux bleus.

— Elle est d'accord pour nous faire visiter la roulotte! ajouta Antonio, l'air ravi.

— Votre ami m'a raconté votre histoire, précisa Alison à l'intention de Laura. J'ai également discuté avec monsieur Doyle du Royal Tyrrell Museum. Ce cambriolage est vraiment bizarre!

— C'est aussi mon avis! déclara Laura. Savez-vous si les tiroirs du professeur contenaient des documents ou des objets de valeur qui auraient pu être volés?

— Je n'en ai aucune idée! Je suis l'assistante du professeur, mais je ne travaille pas dans son bureau. Nous collaborons surtout pour préparer les conférences qu'il donne dans les colloques ou les établissements d'enseignement.

— Sur quoi travaillez-vous en ce moment?

— Je donne des séances d'information et de vulgarisation scientifique dans les musées et les parcs, surtout pour les enfants. Au début de l'été, j'ai travaillé avec le professeur pour préparer un article sur les théropodes, puis il y a eu la découverte du fameux *Daspletosaurus*. Je ne sais pas si vous êtes au courant.

— Bien sûr! Notre guide Jonas a même réussi à nous faire visiter le site!

— C'est super, commenta Alison. Cet événement nous a tous occupés jusqu'à la semaine dernière. Puis le professeur est parti en congé, comme cela lui arrive très rarement.

— Savez-vous où il est parti?

— En Floride, je crois. Je ne sais pas où exactement. Il sera de retour dans une dizaine de jours.

— On n'a donc aucun moyen de le joindre d'ici là, conclut Laura, déçue.

— Pas à ma connaissance. Je vais essayer de rejoindre la secrétaire de l'équipe du professeur Boretsky, miss Betty, pour m'en assurer. Elle a dû s'absenter parce que sa sœur est malade, mais elle sait peut-être des choses que j'ignore à propos des vacances du vieux Wilkie.

— Vous êtes au courant qu'on recherche également Yann Lombardi, le biologiste?

— Oui, Antonio m'en a parlé… et pour être franche avec vous, je vous avouerai que cette histoire de copine ne me convainc pas.

— Comment ça, *ne vous convainc pas*? s'étonna le vieil Italien. Vous pensez que les policiers m'ont menti?

— Non, répondit Alison, un peu embarrassée. Je veux dire que cela ne correspond pas à Yann.

— Moi aussi, j'ai été déçu d'apprendre de cette façon-là qu'il avait une amie! rétorqua Antonio.

— Ce n'est pas ça, je connais sa copine, Clara, poursuivit Alison. C'est une fille chouette. Il y a peut-être des orages dans leur relation, mais cela m'étonnerait beaucoup que Yann soit parti comme un voleur pour la rejoindre et sans avertir son père.

— Il n'a pas toujours été un ange, vous savez, marmonna Antonio.

— Avez-vous une autre hypothèse? demanda Laura à l'assistante.

— Non. Je dis seulement que je ne crois pas à celle-ci.

— Et pour les ossements du petit dinosaure qui ont été déplacés, dans le parc… Avez-vous une idée de ce qui aurait pu se passer?

— Non, mais ce ne serait pas la première fois que des individus pénètrent dans la réserve naturelle en pleine nuit pour aller s'amuser dans le secteur et saboter des sites. L'important, c'est que rien n'ait été volé!

— Vous avez un bas beige et un bas rouge, Laura! remarqua soudain Antonio, qui fixait les pieds de la jeune femme.

— C'est que… commença-t-elle. J'ai eu une nuit agitée et je me suis dépêchée de m'habiller ce matin pour ne pas être en retard à notre rendez-vous.

— Vous avez mal dormi à cause de cette fichue insolation, hein? lui dit-il. Vous avez encore le bout du nez tout rouge!

— Non, il y avait un serpent sous ma tente! Je n'ai pas pris le temps de vérifier mon sac de couchage et mes affaires et je me suis aperçue qu'un crotale était rentré sous la tente!

— *Mama Mia*[1]! s'écria Antonio Lombardi en se signant du signe de la croix.

— C'est très dangereux, Laura! s'exclama Alison Lindsay. Vous devriez faire plus attention! Vous n'avez pas vu les panneaux d'avertissement dans le parc?

— Si… J'ai eu ma leçon, je vous le jure.

— Bon, reprit l'assistante. Antonio m'a dit que vous souhaitiez jeter un œil dans la

1. «Ma mère!» en italien.

roulotte du professeur Wilkinson. Je ne pense pas que le vieux Wilkie s'y opposerait. Puisqu'il me reste un peu de temps, je vais vous y emmener.

Nos trois amis embarquèrent peu après à bord d'une voiturette électrique. Ils suivirent le chemin principal et franchirent le ruisseau avant de passer la barrière fermée par des chaînes. La chaleur accablait de nouveau chaque recoin des Badlands.

Ils traversèrent un dernier val avant d'apercevoir la caravane en aluminium poli, près du *hoodoo*. Alison gara son véhicule le long du ruisseau qui serpentait au cœur de la zone rocailleuse. Sans attendre, elle mit pied au sol et ouvrit la porte de la roulotte.

— Ouache! cria Antonio en suivant l'assistante qui pénétrait dans l'habitacle. C'est infect!

Laura y entra à son tour. L'air confiné à l'intérieur de la caravane durant ces journées de canicule était irrespirable et lui brûlait les bronches.

— Vous voyez, expliqua Alison. Lorsque le professeur s'absente pendant une assez longue période, il ne laisse rien ici qui puisse souffrir de la chaleur.

Laura fit l'inspection de la roulotte. Dans la longue pièce, se trouvaient une table avec deux chaises, un lit de camp et des étagères remplies de boîtes vides en carton et en métal dont les couvercles avaient été enlevés pour en faciliter l'aération. Des bocaux avoisinaient des bacs en plastique remplis de crayons et de petits outils. Des chaises pliantes étaient accotées au mur, près d'une mini table de pique-nique en résine où reposaient une couverture, une bouilloire, de la vaisselle et des couverts. La cabine abritant les toilettes était au fond, près d'un évier et de bidons vides empilés les uns sur les autres. Laura comprit pourquoi l'assistante du professeur avait accepté de leur faire visiter cet endroit sans l'avis du professeur: il ne s'y trouvait rien qui soit digne d'intérêt!

— Tiens, c'est bizarre… fit soudain Alison en s'approchant de l'une des étagères.

La jeune femme s'empara d'une large boîte en métal posée sur une pile de cahiers vierges emballés sous leur pellicule de plastique. Elle ouvrit le récipient qui était resté fermé. Laura s'avança pour examiner le contenu avec elle. Il y avait là une multitude de pansements, des tubes scellés, des seringues jetables neuves et des fioles de produit.

— Qu'est-ce que c'est? lui demanda Laura.

— Il est arrivé quelque chose au professeur Wilkinson! cria Alison Lindsay, au
comble de l'affolement.

23

SORNETTES

— Pourquoi dites-vous qu'il est arrivé quelque chose au professeur Wilkinson? s'étonna Laura.

— Vous voyez cette boîte de métal? lui répondit Alison Lindsay, paniquée. Le vieux Wilkie ne s'en sépare jamais! Je ne sais pas si on vous en a parlé, mais le professeur est asthmatique et souffre d'allergies au pollen et à la poussière. Ces médicaments lui ont sauvé la vie plusieurs fois!

— Il a peut-être une autre boîte comme celle-ci qu'il emporte en voyage, suggéra Laura tandis qu'Antonio Lombardi inspectait à son tour le contenu de cette trousse d'infirmerie, dont l'endos portait les coordonnées du paléontologue.

— Non, cette trousse est la seule qu'il possède, j'en suis pratiquement certaine! Et puis il ne l'aurait jamais laissée dans sa roulotte sous cette chaleur! Tous ces produits sont foutus maintenant! Heureusement, il en garde la liste sur lui, au cas où il les oublierait.

— Justement, fit Laura. Il a probablement oublié cette trousse avant de partir en vacances.

— C'est impossible !

— Comment pouvez-vous en être aussi sûre ?

— Voyez ces tubes de métal, expliqua l'assistante en prenant délicatement l'un d'entre eux entre ses doigts fins. C'est de la cortisone. Ces seringues coûtent très cher et ne sont vendues que sous ordonnance. Il en avait commandé trois et m'en avait parlé pour que je puisse l'aider en cas d'urgence. Regardez ! Les trois tubes sont ici ! Il n'en a emporté aucun !

— Pour les oublier, il devait être franchement dans la lune ! convint Antonio.

— Y a-t-il longtemps qu'il s'est procuré ces médicaments ? voulut savoir Laura.

— Il m'a parlé des seringues il y a environ deux semaines.

— Il a pu s'en acheter d'autres depuis.

— Cela m'étonnerait.

— Vous ne devez pas trop vous inquiéter, il semblait en grande forme lorsque Jonas l'a salué et lui a souhaité de bonnes vacances, samedi matin.

— À moins qu'il ait vraiment oublié cette trousse, admit Alison, pensive. Ou qu'il s'en soit constitué une nouvelle en omettant d'y ajouter ces tubes… Miss Betty est peut-être au courant. Je vais rentrer au musée immédiatement et tenter de la joindre. J'espère qu'elle saura m'expliquer cette histoire !

Ils rentrèrent aussitôt au pavillon d'accueil. Il était près de dix-sept heures. De retour des visites guidées, les touristes débarquaient à peine des minibus.

— Il y a une chose qui me chicote, avoua Laura à l'assistante de recherche qui s'apprêtait à les quitter. Cela concerne le parc.

— Quoi ?

— Si je comprends bien, le secteur dans lequel on autorise le public à circuler librement a été exploré en profondeur et il ne subsiste plus de fossiles de dinosaures à cet endroit.

— Pas exactement. Vous vous trouvez ici dans un estuaire. On explique la présence des nombreux squelettes de dinosaures par le fait que leurs carcasses ont dû être charriées par le fleuve en crue et bloquées par les méandres. C'est un site exceptionnellement riche en fossiles et même si on a déjà exploré la zone ouverte au public, rien ne permet d'affirmer qu'elle ne recèle pas d'autres ossements ! Des chercheurs examinent régulièrement le secteur afin de repérer les zones de forte érosion qui pourraient faire apparaître d'autres gisements fossilifères.

— Qui a le droit de creuser la terre dans ce secteur ?

— Personne. C'est interdit. La fouille et la collecte de fossiles y sont strictement interdites ! Et on ne rigole pas avec la loi ! L'activité paléontologique est régie selon un code d'honneur et des dispositions légales rigoureuses !

— Les électriciens ont tout de même le droit de réparer les installations souterraines si elles tombent en panne, par exemple ?

— Il n'y a aucune installation électrique dans ce secteur, ni souterraine, ni aérienne. Les lampadaires fonctionnent avec des piles ou des panneaux solaires.

— Ah, fit simplement Laura, songeuse.

— Je file, maintenant. Au revoir, Antonio. Au revoir, Laura. Je vous tiens au courant dès que j'ai des nouvelles du professeur Wilkinson !

Laura salua l'assistante et replongea dans ses pensées. Elle sentait la colère monter en elle.

Ces deux électriciens croisés la veille sur le sentier des Chasseurs de fossiles, à qui elle avait demandé son chemin, lui avaient conté des sornettes ! À la lumière de ce qu'elle venait d'apprendre, ils ne pouvaient pas avoir creusé la terre pour réparer un système électrique, même si Laura avait vu de ses propres yeux, au fond du trou, une poignée de câbles, de fils et de brins métalliques! Leurs activités étaient louches! Quel mauvais coup préparaient-ils sous leurs costumes d'électriciens? Étaient-ils impliqués dans le sabotage du site du *Daspletosaurus*?

Une autre idée lui traversa l'esprit: Alexandre n'avait-il pas décrit ses agresseurs comme étant de *jeunes* ouvriers? C'était un détail, mais dans les circonstances, il revêtait peut-être une nouvelle importance! Ces jeunes électriciens que Laura avait repérés dans le parc en train de creuser pouvaient-ils être complices des ouvriers surpris dans le musée?

— Qu'est-ce que vous avez? lui demanda soudain Antonio Lombardi, demeuré adossé contre un muret.

— Je dois vérifier quelque chose dans le parc, lui répondit Laura. Vous venez avec moi?

24

UN PLAN POUR MINUIT

En compagnie du vieil Italien, Laura quitta le terrain de stationnement et suivit le chemin principal jusqu'au début du circuit routier. Le sentier des Chasseurs de fossiles se trouvait au cœur de cette boucle, à environ un kilomètre. Elle profita de cette petite randonnée pédestre pour expliquer à Antonio ses soupçons concernant les jeunes hommes croisés la veille. Il fallait qu'elle le mette au courant pour qu'il puisse lui venir en aide, au besoin…

Des touristes déambulaient devant les vitrines d'exposition de l'édifice consacré à la paléontologie, mais la zone où Laura avait vu les techniciens forer la terre était déserte. Elle se souvenait parfaitement de l'endroit. Le trou se situait au pied des vestiges d'un petit *hoodoo*. Laura inspecta la cavité qui s'était élargie depuis son passage. On avait creusé le sol sur environ cinquante centimètres de profondeur et de diamètre. Les câbles électriques n'étaient plus au fond du trou.

— De quoi avaient-ils l'air ? lui demanda Antonio, qui scrutait l'horizon à leur recherche.

— Ils étaient assez jeunes. Entre vingt et vingt-cinq ans, je dirais. L'un avait les cheveux bruns, l'autre, châtain clair.

— Ils avaient des outils ?

— Je me souviens qu'il y avait près d'eux une pelle, deux sacoches comme celles que portent les électriciens, des sacs poubelles noirs vides, sans compter des câbles et des fils électriques, au fond du trou.

— Ils ont dû venir ici avec un véhicule de service. Vous rappelez-vous l'avoir vu ?

— Non, il y avait du monde dans le stationnement et je n'y ai pas fait attention.

— Ça se présente mal, mon petit ! conclut Antonio. On n'a pas grand indices pour rattraper ces suspects !

La jeune femme inspecta de nouveau la cavité. Et si les deux hommes y avaient enfoui un objet ? Mais la terre était si sèche qu'ils n'avaient pu creuser davantage. Tout portait à croire qu'ils avaient plutôt cherché à déterrer quelque chose.

Laura n'en souffla mot à Antonio, mais décida de faire un tour de garde dans le parc, à la nuit tombée.

La sonnerie de son téléphone cellulaire retentit soudain, interrompant le cours de ses pensées. C'était son amie Cathy. Après avoir pris des nouvelles, Laura fit le récit détaillé des derniers événements.

— *Quelle horreur!* s'exclama Cathy de sa voix fluette. *Tu aurais pu te faire mordre par cette saleté de serpent!*

— Il n'avait pas l'air agressif.

— *Tu es complètement folle, Laura! Je suis bien contente d'être encore malade et de rester là où je suis! Personne ne me fera coucher dans ce camping! Ces jeunes qui creusaient dans le parc, tu penses qu'il pourrait s'agir des mêmes personnes qui ont cambriolé le musée et saboté le site du petit dinosaure?*

— Je n'en sais rien. Le fait qu'ils soient jeunes, c'est plutôt mince comme indice! Disons que ce n'est pas impossible. Je ne suis sûre que de deux choses, Cathy: des individus ont cambriolé le musée et d'autres sont en train de fouiller illégalement dans le parc des dinosaures!

— *Je n'aime pas ça! C'est peut-être dangereux pour toi.*

— Ne t'en fais pas. Tout ce qui peut m'arriver, c'est qu'ils m'enterrent vivante dans les Badlands!

— *Ce n'est pas drôle, Laura Berger!*

— Je suis prudente.

— *Tu parles... Et si c'était ce Wilkinson, qui nous menait en bateau, hein ?*

— Figure-toi que j'y ai déjà pensé.

— *Et alors ?*

— Et alors, c'est possible. Je trouve bizarre qu'il soit lié à chaque élément de cette histoire.

— *Je n'aime pas ça du tout. Au fait, j'ai oublié de te dire que la police a fini d'interroger les ouvriers travaillant sur le chantier du musée. Aucun d'entre eux n'a vu quelque chose ni ne semble impliqué dans le cambriolage. Il y en a quatre qui ont des antécédents judiciaires et les policiers vont pousser leur enquête.*

— Il faudrait que je puisse voir leur visage.

— *Alex a examiné leurs photos et ne les a pas reconnus, mais il faut dire qu'il ne les a aperçus que de dos. Il les trouve trop âgés, justement... Je t'appellerai s'il y a du nouveau, OK ?*

— OK, Cathy. À bientôt !

Laura réveilla Antonio qui s'était assoupi, accoté au petit *hoodoo*, les mains croisées sur le ventre. Les rayons du soleil couchant dessinaient des ombres sur les collines.

Après le souper, la jeune femme se coucha tôt. Son plan était le suivant: faire une petite tournée de surveillance dans le parc des dinosaures durant la nuit! Son intuition lui disait qu'elle pourrait y surprendre quelqu'un en flagrant délit...

Notre jeune détective régla l'alarme de sa montre à minuit et tâcha de s'endormir.

25

LA POURSUITE

Un crissement de freins de voiture réveilla
Laura. La jeune femme se leva aussitôt et
sortit la tête par l'ouverture de sa tente. Le
ciel était balayé par de grands éclats de soleil
pâle. Baigné par la clarté de l'aube, le parc
des dinosaures ressemblait à une estampe
chinoise. Laura vérifia l'heure à sa montre. Il
était cinq heures trente! Elle ne s'était pas
réveillée à minuit comme prévu. Son alarme
n'avait pas sonné!

«Ah, misère!» pensa-t-elle, déçue de ne
pas avoir pu mettre en œuvre son plan
d'inspection nocturne.

Il lui semblait déceler une légère odeur
de brûlé dans l'air. D'où provenait-elle? Le
parc était-il en train de prendre feu?

Laura enfila son chandail blanc par-
dessus son pyjama, mit des bas, puis chaussa
ses bottes de randonnée. Avec la sécheresse
du climat qui régnait dans la vallée de la
rivière Red Deer, il n'était pas question
de prendre à la légère le moindre risque
d'incendie! D'ailleurs, il était formellement

interdit de faire des feux de camp à l'intérieur du camping.

Laura traversa le terrain, passant discrètement entre les campements. Elle suivit le chemin principal, d'où provenait l'odeur suspecte que son odorat fin lui permettait de détecter.

Elle les aperçut, au loin. Leur camionnette bleue venait de passer la barrière, en provenance de la réserve naturelle, et se trouvait devant elle. Non loin du véhicule dont le moteur était toujours en marche, trois personnes vêtues de salopettes sautaient dans les broussailles. Un long filet de fumée noire montait dans le ciel, témoignant d'un incendie en voie d'être contenu. Laura n'hésita pas une seconde et se mit à courir dans leur direction.

— Je viens vous aider ! cria-t-elle sans se rendre compte qu'elle parlait en français.

C'est alors qu'ils la virent.

Les individus dont elle ne distinguait que les silhouettes montèrent aussitôt dans leur véhicule. Celui-ci démarra en trombe sur le chemin, frôlant dangereusement Laura qui manqua de tomber à la renverse dans le ravin.

La jeune femme eut à peine le temps d'apercevoir un visage et de comprendre sa méprise. C'était eux! Elle avait reconnu l'un des faux électriciens du sentier des Chasseurs de fossiles!

La camionnette bleue accéléra, soulevant un nuage de poussière. Elle s'apprêtait à quitter l'enceinte du Dinosaur Provincial Park.

Après s'être assurée que le risque d'incendie était écarté, Laura se dirigea à la hâte vers le pavillon administratif, derrière lequel se trouvait la réserve de véhicules électriques. On ne savait jamais: la grille pouvait être ouverte. Si elle l'était, Laura pourrait emprunter un véhicule et tenter de rattraper les malfaiteurs!

Hélas, la grille du stationnement réservé était encore fermée. Laura regarda la longue chaîne et les deux cadenas énormes qui faisaient obstacle à son plan.

— Et crotte, murmura-t-elle, dépitée.

Elle avait commencé à se faire à l'idée qu'elle ne pourrait pas poursuivre les fuyards lorsqu'elle examina attentivement les véhicules garés sur le terrain du pavillon administratif. Quelle aubaine! Un minibus électrique semblait n'attendre qu'elle! Un des membres du personnel du parc l'avait sans doute rapporté trop tard la veille pour le consigner dans son espace privé.

— Pourvu que la clef de contact soit à l'intérieur, marmonna Laura en sautant dans l'autobus, dont l'unique porte située à l'avant était entrouverte.

Jonas lui avait parlé d'une pochette, sous le volant. Elle y plongea la main. Il y avait une clef, en effet. Ce pouvait aussi bien être celle qui ouvrait la barrière de la réserve naturelle! Laura la glissa dans la fente et entendit un son léger. La porte du minibus électrique se referma automatiquement et son tableau de bord s'illumina dans un feu d'artifice de couleurs!

— Bingo! s'écria Laura, au comble de l'excitation.

Elle quitta le stationnement et s'engagea sur la route sortant du parc des dinosaures. Son pyjama et son chandail étaient couverts de terre et de brindilles. Elle était partie dans l'urgence, laissant son sac à main et toutes ses affaires personnelles sous la tente, dans le camping.

— Je vais tenter de rattraper cette camionnette et si je ne la vois pas d'ici une demi-heure, je reviendrai au parc! convint-elle.

Le minibus grimpa la côte avec difficulté pour sortir du canyon de la vallée. Au sommet, Laura reconnut l'endroit où le cousin de

Cathy s'était arrêté pour leur faire admirer le paysage, quatre jours auparavant.

La route déserte se déroulait devant elle comme une droite tracée au crayon noir sur une feuille de papier. Il n'y avait pas le moindre signe témoignant du passage de la camionnette bleue qu'elle poursuivait. Celle-ci n'avait pourtant pas pu emprunter une autre voie pour s'enfuir…

Le minibus filait à bonne allure, silencieux. Sous les lumières pastel du lever du soleil, les champs de céréales ressemblaient à d'immenses miroirs dorés où se miraient les nuages. La jeune femme regretta de ne pas avoir eu le temps d'emporter ses jumelles. Elle aurait peut-être pu s'en servir pour repérer au loin le véhicule des suspects.

Que faisaient ces individus louches dans le parc des dinosaures à une heure pareille ? Que signifiait ce début d'incendie qu'ils avaient étouffé ? Avaient-ils exploré la réserve durant la nuit ? Leur camionnette transportait-elle une cargaison illégale ? Des ossements volés, par exemple ? Ces gens étaient-ils impliqués dans le cambriolage survenu au musée ou dans les actes de vandalisme perpétrés sur le site DPT-01 ? Qu'espéraient-ils trouver en creusant près du sentier des Chasseurs de fossiles ?

Ne parvenant pas à se résoudre à laisser tomber ses recherches aussi vite, Laura tourna sur la droite à la première intersection. Elle avait perdu du temps à trouver le minibus et à quitter le parc, les malfaiteurs étaient probablement hors d'atteinte. Elle décida de rouler pendant quelques kilomètres jusqu'au prochain village dont elle apercevait déjà les maisons. Aucun autre véhicule ne circulait sur la route.

Parvenue au cœur de l'agglomération composée d'un petit dépanneur et de trois habitations, Laura effectua son demi-tour sur le terrain de stationnement du commerce, qui à cette heure-ci n'était pas encore ouvert.

C'est au moment où elle achevait sa manœuvre qu'elle sentit que quelque chose n'allait pas.

Le minibus ralentit de lui-même, sans qu'elle l'eût commandé.

Laura appuya de toutes ses forces sur la pédale de l'accélérateur, en vain.

Le minibus s'immobilisa en bordure de la route.

Au son d'une clochette synthétique, le tableau de bord s'éteignit et la porte du véhicule s'ouvrit toute grande à côté de sa conductrice hébétée.

26

NAPI

Laura sortit du minibus qui ne voulait plus avancer. Elle avait bien remarqué les clignotants jaunes qui s'allumaient sur son tableau de bord depuis trois kilomètres, sans penser devoir s'en inquiéter tant qu'ils ne viraient pas au rouge.

— C'est malin, marmonna-t-elle, furieuse. Me voilà en pyjama au milieu de nulle part avec un véhicule que j'ai presque volé et qui ne fonctionne plus !

C'était probablement la raison pour laquelle le minibus électrique n'avait pas passé la nuit dans son stationnement réservé du Dinosaur Provincial Park : sa batterie n'était pas chargée ou bien il avait un problème mécanique.

La jeune femme inspecta le dessous de la carrosserie, impuissante. Elle ne connaissait rien au fonctionnement de ces véhicules écologiques. Avec un peu de chance, il repartirait au bout d'une heure.

En se relevant, Laura sentit une présence et se retourna d'un bond.

Un homme se tenait debout devant elle, immobile. Âgé d'une cinquantaine d'années, grand et coiffé d'un large chapeau de cowboy beige, il la regardait en silence. Son visage était triangulaire, ses yeux, noirs, légèrement bridés et sa peau, couleur cannelle. Il portait des bottes de cuir pointues, un jean et une large chemise en daim brodée de couleurs vives sur laquelle pendaient un collier et une dent d'ours.

— *My name is Napi. May I help you*[1]? lui dit-il d'une voix grave.

— *Yes… Thanks*[2], bredouilla Laura, prise au dépourvu.

L'homme à la stature imposante fit le tour du minibus. Il demanda à Laura si elle était tombée en panne d'essence. La jeune femme lui répondit qu'il s'agissait d'un véhicule électrique défectueux emprunté au Dinosaur Provincial Park, et qu'elle devait téléphoner pour qu'on vienne la chercher. Elle précisa que ses affaires personnelles étant restées au camping, elle reviendrait lui payer la communication plus tard s'il acceptait de prévenir pour elle un certain Jonas Tilley, l'un des guides du parc. Il était près de huit heures,

1. Je m'appelle Napi. Puis-je vous aider?
2. Oui… Merci.

le jeune homme devait être au comptoir d'accueil pour accueillir les visiteurs et préparer la première visite guidée qui commencerait bientôt.

L'homme la regarda un instant puis tourna les talons. Laura eut des doutes. S'était-elle bien exprimée? Son niveau d'anglais était-il assez bon pour que Napi comprenne qu'il fallait avertir Jonas, et lui seul? Elle ne voulait pas ameuter tout le personnel du parc ni voir son aventure en minibus paraître dans la prochaine édition du *Dinosaur Provincial Park Times*! Si elle expliquait les événements des dernières heures à Jonas, il l'aiderait sûrement à se sortir de ce mauvais pas!

— *OK, it's done*[1], déclara Napi de retour auprès d'elle.

— *Fantastic! Thank you very much!*[2] lui répondit-elle sans savoir précisément ce qui avait été fait...

— *You have to change your clothes*[3], ajouta l'Amérindien en s'éloignant de nouveau.

Laura ne comprit pas pourquoi cet homme venait de lui dire qu'elle devait changer de vêtements. C'est vrai que son pyjama bleu

1. Ça y est, c'est fait.
2. Fantastique! Je vous remercie infiniment!
3. Vous devez vous changer.

ciel et son chandail blanc étaient loin d'être propres et présentables. Mais elle n'avait pas besoin de se changer pour rentrer au parc! Napi revint après quelques minutes. Il expliqua que sa fille avait emporté tous ses vêtements lorsqu'elle avait quitté le foyer familial plusieurs années auparavant, mais qu'il pouvait dépanner Laura en lui prêtant l'habit cérémoniel qu'elle avait porté à ses vingt ans lors du *Sundance*[1]. Laura le remercia en refusant poliment son offre, alléguant qu'elle n'en avait pas besoin et qu'elle récupérerait bientôt ses affaires. Napi se fâcha: refuser était d'une grande impolitesse! Elle ne pouvait pas repousser l'honneur de revêtir cet habit traditionnel confectionné par sa grand-mère! Par ailleurs, elle ne pouvait pas rester dans cet état! Ses habits étaient sales et n'étaient pas décents pour une jeune femme de son âge!

À grand regret, Laura dut se rétracter et suivre l'Amérindien jusque chez lui. Il la laissa dans le salon avec le costume, puis retourna se poster près du minibus en panne.

---

1. *Sundance*: «Danse du Soleil», en anglais, rituel religieux célébrant la renaissance et l'harmonie entre les êtres vivants.

Décorée de formes géométriques aux couleurs terre et rouge, de franges et de piquants de porc-épic, la robe longue et souple en peau d'antilope d'Amérique était resplendissante et magnifiait la beauté naturelle de Laura. Les yeux verts de la jeune femme s'agrandirent comme des soleils lorsqu'elle vit son propre reflet dans le miroir du salon…

« Pas mal… se dit-elle, en souriant. Si Cathy pouvait me voir ! »

Lorsqu'elle revint près du minibus, son pyjama et son chandail sales sous le bras, la dépanneuse était déjà là. Avec l'aide d'un autre homme, Jonas bloquait les roues du minibus monté sur la remorque. Napi regarda Laura des pieds à la tête, d'un air satisfait.

— Qu'est-ce que c'est que cet habit de clown ? demanda Jonas en la dévisageant. Et puis qu'est-ce que vous faites ici à une heure pareille avec un véhicule du parc ? Qui vous a autorisée à l'emprunter ?

— Je vais tout vous expliquer.

— J'ai bien hâte ! De toute façon, il n'y a pas de place pour vous dans la dépanneuse. Débrouillez-vous toute seule pour rentrer. On se rejoint au parc !

Jonas s'empressa de s'asseoir aux côtés du conducteur de la dépanneuse, qui démarra aussitôt.

Laura les regarda partir, stupéfaite. Elle n'avait pas eu le temps de fournir le début d'une seule explication au guide!

Sans comprendre la langue dans laquelle la conversation s'était déroulée, Napi saisit ce qui venait de se passer et lui proposa de la déposer lui-même au parc avec sa camionnette, ce que Laura accepta avec gratitude.

Aux côtés de cette jeune inconnue vêtue du costume de sa fille bien-aimée, Napi se sentit en famille et lui raconta ses origines durant le voyage jusqu'au Dinosaur Provincial Park. Ses ancêtres de la nation des Blackfoot avaient vécu dans les plaines du nord de l'Alberta aux côtés de sept autres tribus amérindiennes, les Blood, les Peigan, les Gros-Ventres, les Plains Cree, les Assiniboine, les Sioux et les Sarcee. Ils avaient été nomades et chasseurs de bisons. Le territoire des Blackfoot, qu'on appelait aussi les Siksika, s'étendait à l'est des montagnes Rocheuses, à l'emplacement des villes actuelles d'Edmonton et de Calgary.

Napi déposa Laura au pavillon d'accueil du parc des dinosaures. Il ne pouvait avancer plus loin, car pour se rendre au camping en voiture, il fallait être campeur. La jeune femme le remercia avec chaleur pour son aide et sa confiance, promettant de bientôt lui rendre visite afin de le saluer et de lui rendre le costume somptueux qu'elle avait eu l'honneur de porter.

— *Call me if you have any trouble, young lady*[1], déclara-t-il avec gentillesse en lui tendant un morceau de papier sur lequel il avait griffonné son numéro de téléphone.

Après avoir salué l'homme à la dent d'ours, qui avait retiré son chapeau de cow-boy en signe de courtoisie et d'amitié, Laura prit la direction de son campement. Si elle voulait être prise au sérieux par Jonas lors de sa séance d'explications, il était préférable qu'elle ôte rapidement cette tenue d'apparat peu discrète !

— Laura ! Laura ! entendit-elle crier derrière elle.

Contrariée par ce nouveau contretemps, Laura se retourna et vit Jonas et Antonio venir à sa rencontre.

— Dites donc, vous êtes une vraie princesse amérindienne ! s'exclama le vieil Italien en la contemplant avec admiration.

— Laura, coupa Jonas, l'air gêné. La directrice du parc souhaite vous rencontrer.

---

1. Appelez-moi si vous avez des problèmes, jeune fille.

Je ne vous le cache pas : elle est furieuse contre vous !

— J'ai de bonnes explications à lui fournir, répliqua Laura.

— Je l'espère bien, parce que notre parc est sous le choc d'un autre incident !

— Il s'est passé quelque chose cette nuit dans le secteur des chercheurs, c'est bien ça ? Je suis au courant.

— Comment pouvez-vous être au courant alors que je viens tout juste de l'apprendre ?

— Quand la directrice souhaite-t-elle me voir ?

— Immédiatement ! Elle nous attend dans son bureau, au fond du couloir B, dans le pavillon administratif.

— OK. Je vais me changer et j'arrive.

27

L'ACCUSATION

Il était près de dix heures. À voir les regards amusés lorsqu'elle traversa le camping, on prit sans doute *Princesse Laura* pour une comédienne du spectacle à venir à l'amphithéâtre du parc des dinosaures ! La jeune femme arriva enfin à son campement.

Après avoir ôté ses chaussures de randonnée, elle se glissa sous la toile de sa tente et se changea, prenant soin de ne pas abîmer le costume prêté par Napi, qui lui collait à la peau depuis plus d'une heure. Elle plia l'habit cérémoniel et le mit dans un sac en plastique au fond de son sac de couchage, priant pour qu'on ne le lui vole pas. Personne n'avait touché à ses affaires durant son absence et elle s'en réjouit. Pressée par le temps et nerveuse à l'idée d'affronter les foudres de la direction du parc, elle était loin de s'imaginer la surprise lugubre qui l'attendait.

En s'emparant de ses sandales, qu'elle avait laissées à l'extérieur de la tente durant la nuit, Laura faillit tomber à la renverse. Ce qu'elle trouva sous leurs semelles la remplit d'effroi !

Une vingtaine de minuscules grenouilles gisaient sur l'herbe, écrasées ! Colorées, de la taille d'un grillon, elles ressemblaient à des bijoux nacrés sauvagement brisés en mille morceaux.

Les larmes aux yeux, Laura contempla ces petits animaux morts. Était-ce elle qui les avait écrasés sans s'en rendre compte ? Était-ce seulement possible ? Les avait-on déposés sous ses sandales ? Était-ce une mauvaise blague de ses voisins campeurs ?

Laura reprit ses esprits. Elle s'empara de sa bouteille d'eau en plastique et la vida de son contenu sur l'herbe sèche. Puis elle en inclina le goulot afin de ramasser le cadavre des minuscules bêtes au fond de sa bouteille.

« Je vais les montrer à Jonas, se dit-elle en revissant le bouchon. Il saura peut-être m'expliquer ce qui a pu se passer. »

Le couloir B du pavillon administratif lui parut interminable. Sur la porte du fond, le nom de Simone Scheffer était gravé en lettres blanches. Laura frappa, puis entra.

— Miss Berger! lança-t-on sur un ton sarcastique.

Assise à son bureau qui donnait sur une large fenêtre, la directrice la foudroya du regard. C'était une femme maigre au visage angulaire et aux courts cheveux blonds coupés en brosse. Vêtue d'un tailleur gris qui la vieillissait, elle parlait un excellent français truffé d'expressions en anglais. Laura reconnut Jonas, assis en face d'elle. Le visage rouge et les yeux baissés, le jeune guide ressemblait à un enfant qui venait de se faire gronder.

— Vous nous faites enfin l'honneur d'une visite! tonna Simone Scheffer.

— Je peux tout vous expliquer, se défendit Laura, intimidée.

— *I hope so!*[1] Vous avez pénétré le secteur des chercheurs et dérangé l'équipe du site DPT-01 en plein travail! Vous avez exigé de visiter la caravane d'un professeur en congé! On vous a vue en compagnie de la police dans notre parc! Maintenant, vous volez l'un de nos minibus! Qui sait encore ce que vous avez pu faire ici depuis votre arrivée… *My God!*[2] Qu'est-ce que vous tenez dans vos

---

1. Je l'espère bien!
2. Mon Dieu!

mains, miss? Montrez-moi ça! Qu'y a-t-il dans cette bouteille en plastique?

La directrice se leva d'un bond pour venir inspecter le contenu de la bouteille que tenait la jeune femme demeurée debout, près de la porte.

— Je les ai trouvées sous mes chaussures, ce matin, répondit Laura d'une petite voix. Ce sont des grenouilles. J'avais justement l'intention de les montrer à Jonas pour savoir ce qui a pu se produire.

— Alors, c'était vrai! Et c'était vous, en plus!

— Comment ça, *c'était moi*?

— Le problème, miss, c'est qu'on vous a vue! Un touriste m'a envoyé un *email* hier soir pour m'avertir qu'il avait vu au cours de sa visite du parc une fille qui ramassait des rainettes faux-grillons boréales!

— Je n'ai jamais fait une chose pareille!

— Vous ignorez peut-être que cette espèce est protégée et qu'il vous est absolument interdit d'y toucher? Vous les avez massacrées! C'est criminel! Je devrais vous chasser de ce parc avec une grosse amende, miss!

— Mais ce n'est pas moi! protesta Laura, les larmes aux yeux. C'est une machination! On essaie de m'incriminer en me tenant responsable de ce qui se passe ici!

— *I'm not stupid, miss!*[1] Le fait d'être envoyée par le directeur adjoint du Royal Tyrrell Museum en personne ne vous autorise pas à me prendre pour une sotte, mademoiselle Berger. Comprenez-vous ce que je veux dire ?

— Je ne vous prends pas pour une sotte, madame...

— *Really*?[2] Dans la nuit de lundi à mardi, on a saccagé le site DPT-01 en creusant le sol et en s'amusant à déplacer les os du *Daspletosaurus*. La nuit dernière, quelqu'un a de nouveau pénétré illégalement le secteur des chercheurs pour soulever la dalle sous l'exposition de notre *Corythosaurus*! On a tout mis à l'envers, brisé des os et des moulages! Vous pensez que je n'ai pas ma petite idée à votre sujet ? Qu'avez-vous fait cette nuit, avant de voler le minibus ?

— J'ai dormi, dit Laura, déconcertée.

— Qu'êtes-vous venue faire ici au juste, miss Berger ? Dois-je appeler la police ou bien votre père, le réputé professeur d'archéologie et de préhistoire, monsieur Louis Berger en personne, pour le savoir ? Pensez-vous qu'il aimerait apprendre que sa fille est

1. Je ne suis pas stupide, mademoiselle!
2. Vraiment?

suspectée dans une affaire pareille? Il est temps de tout me raconter, Laura. *It's now or never!*[1]

— Je ne suis absolument pour rien dans ces incidents, madame! explosa enfin Laura. Cette situation est tout à fait injuste et j'aimerais que vous écoutiez mes explications!

— C'est pour ça que vous êtes ici, j'ai préféré vous voir avant de prévenir la police, jeta Simone Scheffer d'un ton implacable. Je vous écoute. Qu'avez-vous à dire pour votre défense?

---

1. C'est maintenant ou jamais!

28

LA DÉFENSE...

Le sang de Laura bouillonnait. Le sermon que venait de lui servir la directrice du Dinosaur Provincial Park était totalement injustifié! Notre amie devait maintenant agir et décrire avec précision la séquence des derniers événements si elle voulait se défendre des accusations qu'on portait contre elle.

— Si vous voulez appeler la police, je ne m'y opposerai pas, commença Laura d'un ton ferme en regardant Simone Scheffer droit dans les yeux. Bien au contraire! Voici ce qui s'est passé et ce que j'ai vu! Vous jugerez par vous-même. Après les événements bizarres survenus sur le site DPT-01 en début de semaine, et ma rencontre, il y a deux jours, avec des hommes qui faisaient semblant d'exécuter des travaux d'électricité sur le sentier des Chasseurs de fossiles, j'ai décidé de faire un tour de garde dans le parc, la nuit dernière. J'avais l'intuition qu'il se passerait encore quelque chose de suspect dans la vallée. J'ai mis mon réveil à minuit, mais il n'a pas sonné comme prévu. C'est plutôt un bruit de moteur qui m'a réveillée ce matin, à l'aube. Puis j'ai senti une odeur de brûlé et je me suis levée aussitôt pour aller voir d'où elle provenait. C'est comme ça que je suis tombée sur trois individus en train d'éteindre un début d'incendie, près de la barrière.

— On a en effet trouvé des traces de feu suspectes à cet endroit, admit la directrice, troublée.

— Je me suis alors précipitée pour les aider. Lorsqu'ils m'ont vue, ils ont bondi dans leur véhicule et se sont enfuis du parc en m'écrasant presque. Quand ils sont passés près de moi, j'ai reconnu le visage d'un des électriciens du sentier des Chasseurs de fossiles. J'ai tout de suite pensé qu'il s'agissait de trois malfaiteurs et qu'ils étaient venus voler ou commettre des actes de vandalisme dans la réserve. J'ai voulu me lancer à leur poursuite, mais je n'avais pas de voiture! C'est là que m'est venue l'idée d'emprunter un minibus électrique. Ce n'était peut-être pas une bonne idée. Personne ne m'y avait autorisée, mais c'était pour moi la seule façon d'agir! Je suivais une piste et je n'ai pas eu le temps de trop réfléchir. J'ai essayé de rattraper la camionnette des individus en parcourant les routes des alentours. C'était trop tard! Ils étaient déjà loin. Je n'avais pas été assez rapide. J'ai roulé sur plusieurs kilomètres avant que le bus ne tombe en panne. C'est là que j'ai appelé mon ami Jonas pour qu'il vienne me chercher.

— *My God*, lâcha la directrice, abasourdie.

— Je suis venue au Dinosaur Provincial Park parce qu'on me l'a demandé, poursuivit Laura, qui désirait répondre à chacune des interrogations la concernant et dissiper les doutes sur ses véritables intentions. Alexandre Pronovost, le maquettiste du musée qui a été agressé lors du cambriolage de la semaine dernière, m'a confié la mission de retrouver Wilkinson avant qu'il ne parte en vacances. Selon lui, il fallait tenter l'impossible pour prévenir rapidement le professeur que quelqu'un avait fouillé dans ses affaires. Cette nouvelle était probablement de grande importance pour lui. Mais le professeur était déjà parti en vacances. D'ailleurs, il est possible qu'il ait lui-même des problèmes.

— Que voulez-vous dire ? demanda Simone Scheffer.

— Ce n'est pas encore confirmé, mais selon Alison Lindsay, son assistante, le professeur a oublié d'emporter une boîte contenant des médicaments contre l'asthme. Nous l'avons trouvée par hasard dans sa roulotte.

Il paraît qu'il ne s'en sépare jamais, même en déplacement.

— Il a sans doute une autre pharmacie.

— C'est ce que nous tentons de vérifier.

— Je ne sais pas quoi vous dire, Laura. *I'm so sorry*[1]. Vous avez été un peu inconsciente, mais bien courageuse de vouloir poursuivre ces bandits. Jamais je n'aurais osé faire une chose pareille…

— Ces individus ont probablement pensé que j'avais des doutes, puisque je les avais vus creuser déguisés en électriciens. Comme ils devaient revenir faire un mauvais coup, ils ont peut-être eu peur que je mène ma petite enquête sur leur compte. Ils ont pu s'arranger pour me mettre sur le dos le massacre de ces pauvres petites rainettes! Ils savaient que je serais alors chassée du parc. C'était une tactique pour se débarrasser de moi, j'en suis sûre!

— C'est ignoble! s'écria Jonas qui s'était levé pour rejoindre Laura et la directrice demeurées debout près de la porte du bureau.

— Oui, c'est tout à fait horrible! ajouta Simone Scheffer, hors d'elle. Je vous prie

---

1. Je suis si confuse.

d'accepter mes excuses, Laura. Je n'aurais pas dû vous accuser comme je l'ai fait.

— Vous avez parlé d'une dalle qui avait été soulevée au cours de la nuit dernière. Qu'est-ce qui s'est passé exactement ? lui demanda Laura.

— Dans la réserve naturelle, un édifice abrite le squelette d'un *Corythosaurus* à l'endroit où le premier *ranger* du parc l'a découvert. Le *Corythosaurus* est un *dinosaur*[1] unique, un herbivore dont l'une des singularités est la crête osseuse en forme de casque, sur son crâne. Les adultes mâles utilisaient probablement cette crête colorée et couverte de peau pour attirer les partenaires et intimider les rivaux. Le creux situé à l'intérieur de l'os, où circulait l'air, permettait de produire des sons et des cris. Bref, le spécimen que nous avions exposé était remarquable ! La porte de cet édifice qui est toujours fermée à clef a été défoncée durant la nuit. *I still can't believe it!*[2] Quelqu'un a soulevé la grosse dalle sous les ossements et les moulages pour creuser la terre sur plus d'un mètre de profondeur !

— Qu'y a-t-il sous cette dalle ?

1. Dinosaure.
2. Je ne peux toujours pas le croire !

— Rien d'autre que de la terre. Je ne sais pas ce que ces bandits cherchaient.

— Ils ne doivent pas s'intéresser aux fossiles de dinosaure, sinon ils en auraient profité pour les voler.

— Et voler ceux du jeune *Daspletosaurus*, ajouta Jonas.

— En tout cas, reprit la directrice avec colère, ils ont tout saccagé! Il va falloir refaire cette installation au complet! De nombreux os ont été brisés! Une chance qu'ils n'ont pas touché au crâne.

Les propos de Simone Scheffer furent interrompus par la sonnerie du cellulaire de Laura.

— Pardonnez-moi, dit celle-ci en acceptant l'appel. J'attends des coups de fil importants concernant notre affaire.

— *Laura! C'est Alison! Je viens enfin de parler à miss Betty, la secrétaire du musée. Elle m'a juré sur sa propre vie que le professeur Wilkinson ne possède qu'une seule trousse de médicaments et qu'il est absolument impossible qu'il soit parti en vacances sans l'apporter!*

29

MISS BETTY

— Quoi ? s'exclama Laura, le souffle coupé. C'est confirmé, alors ? Il est bien arrivé quelque chose au professeur ?

— *J'en ai bien peur !* répondit Alison d'une voix angoissée. *Miss Betty n'a aucune idée de l'endroit exact où il devait aller en Floride. Mais d'après elle, s'il s'était aperçu qu'il avait oublié sa trousse de pharmacie, il serait revenu la chercher au plus vite !*

— C'est très inquiétant, fit Laura qui voyait Simone Scheffer et Jonas la regarder avec effarement, sans comprendre.

— *Qu'est-ce qu'on doit faire ?* demanda Alison Lindsay au bout du fil.

— Est-ce que vous avez demandé à miss Betty si le professeur avait des ennuis en ce moment ou des problèmes de santé ?

— *Elle m'a dit qu'elle le trouvait particulièrement en forme et qu'il venait de faire un bilan de santé chez son médecin, pour partir l'esprit tranquille.*

— Quand l'a-t-elle vu pour la dernière fois ?

— *La veille de son départ pour la Floride, vendredi après-midi, au musée.*

— Est-ce qu'elle sait s'il devait voir quelqu'un avant son départ ?

— *Je ne le lui ai pas demandé. Mais elle ignorait qu'il irait au Dinosaur Provincial Park. Il prenait l'avion pour Tampa Bay samedi, en fin de soirée.*

— Il faudrait vérifier s'il a effectivement pris cet avion !

— *Miss Betty m'a dit qu'elle se chargeait d'appeler la compagnie aérienne pour s'en assurer.*

— Bon. Est-ce que vous lui avez demandé s'il travaillait ou avait l'intention de travailler sur un projet particulier au cours de son congé ?

— *Non. C'est important ?*

— Je n'en sais rien. Ça pourrait l'être.

— *OK. Je vais lui retéléphoner pour me renseigner. À plus tard !*

— À plus tard, Alison.

Avant de transmettre l'information à la directrice du parc et à Jonas, qui s'impatientaient devant elle, Laura vérifia son cellulaire. Pendant sa discussion avec Alison Lindsay, quelqu'un avait appelé et laissé un message sur sa boîte vocale. C'était Cathy. Laura écouta son message avec grande attention.

Lui recommandant d'être prudente, son amie lui apportait des nouvelles surprenantes.

— Alors ? lança Jonas tandis que Laura rangeait enfin son téléphone.

La jeune femme demeura muette un moment. Les yeux fixes, les mains cramponnées sur sa bouteille en plastique emplie de rainettes mortes, elle semblait plongée au plus profond d'elle-même.

— Que se passe-t-il ? insista le guide.

— Premièrement, commença-t-elle, on a la confirmation que le professeur Wilkinson ne possède qu'une seule trousse de médicaments contre l'asthme. Le fait qu'il soit parti sans elle est donc la preuve qu'un événement grave s'est produit. Deuxièmement, je viens d'apprendre par mon amie Cathy, restée à Drumheller, que la police a fini d'interroger les ouvriers du musée et qu'aucun d'entre eux ne semble impliqué dans le cambriolage. En plus, la direction de l'hôpital où le maquettiste se trouve en observation vient de découvrir que la bonbonne de la fontaine proche de sa chambre a été remplacée par une autre dont l'eau a été empoisonnée. Des traces de paraffine liquide, un laxatif surpuissant, y ont été détectées ! Ce qui explique pourquoi tout le monde est tombé malade ! On pensait qu'il y avait une épidémie de gastro-entérite à l'hôpital, il s'agissait en fait d'un empoi-sonnement volontaire !

— *It's terrible!*[1] commenta la directrice avec une grimace de dégoût. Vous pensez que cela a un rapport avec ce qui se passe ici ?

— Qui sait, répondit Laura, soucieuse.

— Je ne vois pas comment une telle histoire peut se terminer, soupira Simone Scheffer, découragée. Je vais appeler la police de Drumheller pour leur parler de la dispa-rition de Wilkie. Et vous, qu'allez-vous faire maintenant, Laura ?

— Je vais vous laisser cette bouteille macabre pleine de grenouilles, prendre une douche et manger un peu. Après, on verra !

Une heure plus tard, Laura aperçut Antonio à la cafétéria. Profitant de l'air conditionné, le vieil Italien s'était attablé et tournait les pages d'un journal anglophone dont il pouvait à peine déchiffrer les mots. Laura se commanda un repas chaud au comptoir et vint manger auprès de lui.

— Alors, fit-il, comment ça s'est passé avec la directrice malcommode ?

1. C'est terrible !

— Pas trop mal, finalement. J'avais des explications en béton et de bonnes raisons d'avoir agi ainsi!

— J'en suis certain, Laura. Vous êtes une fille honnête et brave. Si cette dame était venue me parler, c'est ce que je lui aurais dit! Elle n'avait pas besoin de vous embêter comme ça!

— Vous êtes gentil, Antonio. Vous savez, à propos du professeur Wilkinson et de cette histoire de médicaments retrouvés dans sa roulotte… Eh bien, c'est confirmé: ce n'est pas normal du tout et il lui est sans doute arrivé quelque chose de grave. Le vieux Wilkie a disparu bizarrement sans qu'on sache où il se trouve.

— Comme mon fils.

— Oui. Vous n'avez toujours pas de nouvelles?

— Non. Ce parc à vieux bestiaux est maudit, si vous voulez mon avis.

— Je crois qu'on devrait partir d'ici demain, Antonio. Qu'en pensez-vous? Vous allez venir avec moi chez mes amis, chez la tante de Cathy qui habite Drumheller. Maintenant, je sais qu'ils ne sont pas contagieux. Ils sont très gentils et seront ravis de vous connaître. On suivra toute cette affaire depuis là-bas. Vous serez plus à l'aise et moi, plus en sécurité. Je n'ai pas aimé cette histoire de grenouilles et je m'attends au pire pour la suite. Ces vandales qui agissent dans la réserve naturelle sont prêts à tout pour m'écarter de leur chemin! J'ai besoin de réfléchir à ce qu'il faut faire et je me sens oppressée ici. J'aimerais m'en aller avant de trouver un scorpion sous mon oreiller ou une veuve noire sur ma brosse à dents!

— Quelle est cette histoire de grenouilles qui vous fait si peur? s'enquit Antonio.

— C'est vrai, vous n'êtes pas au courant, dit Laura, le sourire aux lèvres. Quelqu'un a envoyé un message à la directrice pour dire que j'avais massacré des rainettes d'une espèce protégée. Et ce matin, comme par hasard, j'en ai trouvé une vingtaine écrasées sous mes chaussures, près de ma tente!

— *Mama Mia*! s'exclama Antonio Lombardi.

— Vous êtes d'accord pour partir d'ici dès demain, alors?

— Et comment! Je ne vous quitte plus d'une semelle, mon petit! Et ce soir, pas question que vous dormiez sous votre toile misérable! Je vous laisse ma chambre et je m'arrangerai pour en trouver une autre.

— J'accepte de bon cœur, déclara Laura, dont la réponse illumina le visage de son compagnon. Je vais aller me renseigner pour louer une voiture dans le coin.

Au moment où Laura se levait avec son plateau vide pour le ranger sur un chariot, son téléphone cellulaire se mit à sonner.

— *Allô, Laura ? C'est encore moi, Alison ! Est-ce que je vous dérange ?*

— Non. Pas du tout ! Vous avez des nouvelles ?

— *Oui, j'ai pu rejoindre miss Betty une nouvelle fois. Je ne vous ai pas rappelée immédiatement parce que j'avais des petites vérifications à faire ici, au musée.*

— Qu'est-ce qu'elle vous a répondu ?

— *D'abord, je dois vous dire qu'elle s'est renseignée auprès de la compagnie aérienne : le professeur Wilkinson n'est effectivement pas sur la liste des passagers de l'avion à destination de Tampa, ni sur la liste d'aucun autre vol de cette même compagnie ! Ce qui nous confirme qu'il a eu un contretemps majeur.*

— Mauvaise nouvelle, soupira Laura, qui avait gardé espoir malgré elle.

— *D'après ce que sait miss Betty, il devait se rendre à l'aéroport en taxi depuis sa maison de Drumheller, samedi en fin d'après-midi. Il n'était pas prévu qu'il rende visite à qui que ce soit. En tout cas, il ne lui en avait pas parlé. Selon elle, il a dû prendre sa voiture samedi matin pour faire*

un dernier tour au Dinosaur Provincial Park.
Puis il a changé ses plans pour une raison qu'on
ignore.

— OK. Pas de piste de ce côté-là, donc.

— *Par rapport à ses occupations scientifi-*
ques, les renseignements donnés par miss Betty
concordent avec ceux que je vous ai déjà fournis.
Le professeur a travaillé sur le site du Daspletosaurus *au cours des dernières semaines, tout*
en continuant ses explorations de terrain à l'in-
térieur du parc. Il n'avait pas emporté de travail
particulier pour ses vacances.

— Sait-on exactement dans quel secteur
du parc il menait ses explorations?

— *Non. Il prospectait un peu partout dans*
la réserve naturelle. En revanche, avant de partir
en congé, il a demandé à miss Betty de faire une
recherche pour lui.

— Quelle recherche?

— *Il lui a demandé de retrouver un vieux*
texte dont il ne parvenait pas à se souvenir avec
exactitude. Le texte d'une légende amérindienne
intitulée «Akuavat, le Monstre de Vitre». Il
voulait en disposer dès son retour de Floride.

— Est-ce qu'elle l'a trouvé?

— *Oui.*

— Il faudrait mettre la main sur ce texte.
On ne sait jamais, il a peut-être un rapport
avec la disparition du professeur.

— Je l'ai sous les yeux ! C'est pour ça que je n'ai pas pu vous rappeler tout de suite, il fallait que je le trouve dans les affaires de miss Betty et que j'en cherche une traduction française sur le Web. Je savais qu'il pourrait vous intéresser. Voulez-vous que je vous le lise ?

— Certainement ! s'exclama Laura.

AKUAVAT, LE MONSTRE DE VITRE

Du temps où hommes et animaux parlaient le même langage, naquit Makoyiwa nommé ainsi du nom du loup. Makoyiwa devint chef.

Dans la vallée où coulait la rivière laiteuse, le chef possédait toutes les richesses. Il avait la beauté de l'Étoile du matin et le pouvoir des hoodoos qui, à la nuit tombée, protègent la tribu de ses ennemis. Il portait sur ses épaules le manteau de plumes blanches et brillantes, et au creux de ses mains, les amulettes sacrées. À ses pieds scintillaient les pierres les plus précieuses des montagnes, les sculptures d'os et d'ivoire, les perles des coquillages. Il détenait la puissance du feu, de la neige, de la terre et de l'eau, la force de l'ours, la ruse du renard et l'agilité du lièvre. En lui courait l'esprit du chien, du loup, du cheval et du coyote. Idole des hommes aux côtés du bison et du cerf, on disait de Makoyiwa qu'il donnait la vie…

Une nuit, alors qu'il contemplait la voûte céleste aux portes des falaises de la rivière de lait, une voix mystérieuse vint du fond d'une grotte oubliée et appela Makoyiwa. Dans un éclat d'un vert précieux, de transparence et de rayons brisés, une lueur magnifique jeta ses reflets sur le chef. Des yeux géants de pierre translucide s'ouvrirent et se refermèrent dans un élan mêlé de douceur et d'effroi.

— Je suis Akuavat, le Monstre de Vitre! dit la pierre.

— Que me veux-tu? lui demanda Makoyiwa, effrayé par l'animal géant qui le fixait de son regard luisant.

— Je ne veux rien que tu possèdes, répondit Akuavat. Puisque tu ne possèdes rien.

— Je tiens toutes les richesses entre mes mains! protesta Makoyiwa. Je suis le plus riche de tous les chefs des Plaines du Nord!

— Tu possèdes les bijoux, la beauté et les richesses que porte la Terre, lui dit le Monstre de Vitre. Mais tu ne connais pas l'éternité des êtres sacrés ni la force de la pierre qui traverse les âges.

— Que dois-je faire pour les connaître?

— Enfouis tes richesses dans l'argile et la terre. Et respecte l'animal géant englouti dans l'eau du ciel comme s'il était ton propre frère.

Makoyiwa enterra ses trésors. Depuis ce jour, son âme éternelle erre dans les Plaines et les ravins de la rivière laiteuse.

DES ORIGINES MYSTÉRIEUSES

— Connaissiez-vous cette légende ? demanda Laura à Alison Lindsay après qu'elle eut fini de lui lire ce texte étonnant au bout du fil.

— *Non ! Pas du tout ! Je peux vous conter la légende de « Katoyissa, le Caillot de Sang », de « Ksiistsikomm, le Tonnerre » ou celle de d'« Omahkai'stoo, le Corbeau »… Mais celle d'« Akuavat, le Monstre de Vitre », je ne la connaissais pas !*

— Qu'est-ce qu'elle signifie, selon vous ?

— *Je ne le sais pas exactement, mais la morale me semble assez claire : les richesses matérielles ne valent pas grand-chose face à l'éternité et aux richesses de l'esprit. Un truc du genre…*

— Est-ce qu'on a déjà trouvé un trésor dans la région ?

— *Avec des perles et des bijoux ? Il ne faut pas rêver, Laura !*

— Le professeur Wilkinson pourrait-il avoir découvert un lieu ou un objet en rapport avec cette légende ? L'endroit où un butin aurait pu être enterré, par exemple, ou la tombe d'un chef amérindien ?

— *Qui sait ce qui est enfoui sous terre… Mais je n'y crois pas beaucoup, Laura. Cette légende n'est pas très ancienne. Miss Betty l'a trouvée dans des archives datant du début du siècle dernier. Avec l'érosion qui caractérise la région et attaque les couches géologiques, il y a longtemps qu'on aurait dû mettre la main sur un tel trésor. En drainant les couches supérieures du sol, le ruissellement des eaux de pluie l'aurait fait apparaître au milieu des collines !*

— Je n'y avais pas pensé.

— *Le vieux Wilkie a probablement demandé ce texte pour vérifier une hypothèse de recherche, c'est tout.*

— Est-ce qu'en général les légendes renvoient à un lieu géographique précis ?

— *C'est souvent le cas, en effet.*

— D'après vous, celle d'Akuavat désignerait quel territoire ?

— *Je n'en ai aucune idée. Tout ce que je peux vous dire, c'est que Makoyiwa signifie « loups » en langue algonquienne. Cette légende pourrait donc avoir ses origines chez les tribus des Premières Nations qui habitaient les Plaines et parlaient cette langue, comme les Blood, les Plains Cree, les Gros-Ventres, les Peigan ou les Blackfoot.*

185

— Les Blackfoot? répéta Laura.

— *Ce n'est qu'une supposition et je ne vois pas en quoi elle pourrait nous être utile.*

— Je connais une personne qui saura peut-être nous renseigner sur les origines de cette légende. J'ai l'intuition que ce texte a un rapport avec l'endroit où se trouve le professeur. Il se peut qu'il soit avec ses pinceaux et ses cartes géologiques en train de prospecter quelque part à la recherche d'un trésor oublié!

— *Il n'aurait jamais omis d'emporter ses médicaments!*

— … À moins d'être trop troublé par sa découverte! lança Laura avec optimisme. Je vous rappelle avant ce soir, Alison. À plus tard!

Durant cette conversation téléphonique avec l'assistante de recherche, Laura était demeurée assise auprès d'Antonio, dans la salle à manger de la cafétéria du parc. Le vieil Italien n'avait pas quitté sa chaise et s'était replongé dans la lecture de son journal.

Poursuivant ses investigations à distance, Laura téléphona à son bienfaiteur du matin, Napi l'Amérindien. Ravi d'avoir si tôt de ses nouvelles, l'homme écouta avec attention et respect les questions que la jeune femme désirait lui poser.

Bien sûr qu'il connaissait la légende d'Akuavat! Ce chef amérindien répondant au nom de Makoyiwa n'avait probablement jamais existé, selon lui. Par ailleurs, les histoires de tombeaux remplis de trésors étaient nombreuses et couraient dans la mémoire des ancêtres comme les lièvres sur l'herbe grasse des prairies!

Napi avait entendu dire que la légende d'Akuavat tirait ses origines de la région de la rivière Milk[1], plus au sud, précisément d'une grotte située dans une falaise où étaient gravés des dessins, dans un parc du nom de Writing-on-Stone. Le texte ne parlait-il pas de *rivière laiteuse* et de *rivière de lait*? Certains Blackfoot préféraient cependant affirmer que le cours d'eau dont il était question dans la légende était la Red Deer River. On disait qu'un phénomène singulier se produisait au moment du lever du soleil, lorsqu'il n'y avait pas un souffle de vent: les *hoodoos* de la vallée lançaient leurs reflets blanchâtres sur l'eau immobile qui ressemblait alors à une rivière de lait.

Laura remercia son ami, précisant qu'elle allait peut-être se rendre dans ce parc,

1. «Lait», en anglais.

Writing-on-Stone, car elle recherchait un paléontologue pouvant s'y trouver. Napi lui proposa de l'y emmener, prétextant qu'elle ne possédait pas de voiture et semblait avoir des soucis, qu'il s'ennuyait et appréciait sa compagnie. Laura faillit refuser en apprenant que le trajet excédait les cent kilomètres, mais elle ne voulut pas faire fâcher son nouvel ami! Ils se donnèrent donc rendez-vous au pavillon d'accueil du Dinosaur Provincial Park, le lendemain matin.

Laura rappela Alison Lindsay pour lui transmettre ses nouveaux plans. Si le professeur Wilkinson avait découvert les secrets de l'origine de la légende d'Akuavat, elle le trouverait peut-être dans cette mystérieuse grotte aux pictogrammes! Il fallait suivre cette piste avant de conclure que le pire avait pu se produire et laisser cette affaire dans les seules mains de la police. L'assistante lui apprit que miss Betty avait appelé tous les hôpitaux et toutes les cliniques de la province : aucun James Wilkinson ne s'y trouvait. Elle demanda à Laura d'apporter avec elle la boîte de pharmacie laissée à l'accueil du parc des dinosaures, au cas où Laura retrouverait le professeur.

Laura dut enfin convaincre Antonio de reporter leur retour vers Drumheller au lendemain soir et de l'accompagner dans son périple en direction de la vallée de la rivière Milk.

La jeune femme n'en dit mot, mais elle croyait possible que le vieux Wilkie et le biologiste Lombardi soient ensemble. Le professeur avait pu percevoir un élément nouveau concernant cette légende et annuler son voyage en Floride. Si on l'avait vu quitter le parc des dinosaures samedi matin, rien ne permettait cependant d'être tout à fait certain qu'il n'y était pas revenu plus tard dans la journée, ni même le lendemain. Jonas avait précisé qu'il y avait eu foule au parc, cette fin de semaine là. Le professeur y était peut-être passé sans être vu. Il avait pu y rencontrer le biologiste dimanche après-midi et lui demander de se joindre à lui pour mener des explorations dans un autre parc. Même si cette hypothèse lui semblait farfelue, Laura devait la considérer.

Antonio Lombardi refusa d'abord le projet d'aller dans la vallée de la rivière Milk. Il se ravisa lorsque Laura lui avoua qu'il y avait une petite chance pour que son fils s'y trouve avec le professeur. Lorsqu'elle lui parla ensuite de celui qui allait les y emmener, le vieil Italien ouvrit des yeux ronds comme des billes de verre! Lui qui n'avait jamais quitté le quartier de la Petite Italie allait enfin rencontrer un Amérindien! Selon Laura, l'homme portait un chapeau de cow-boy et une dent d'ours en pendentif!

32

LA RIVIÈRE DE LAIT

Le lendemain matin, Laura et Antonio étaient prêts pour leur excursion vers le Writing-on-Stone Provincial Park. Ils s'installèrent dans la camionnette noire de Napi, elle, aux côtés du pilote, lui, sur la banquette arrière. La rencontre des deux hommes avait été étonnante! Coiffé de son béret et chaussé de ses souliers de paille, Antonio n'avait pas bronché lorsque Napi s'était avancé vers lui à grands pas de bottes pointues. Face à cet homme imposant qui portait un chapeau de cow-boy et une chemise en peau de bête, le vieil Italien paraissait aussi admiratif qu'intimidé! Quand Laura les avait présentés l'un à l'autre, ils s'étaient regardés avec curiosité avant de se serrer la main, ne pouvant communiquer en raison de la barrière linguistique. Mais à voir les sourires et les regards amusés qu'ils s'échangèrent, nul doute que le courant passait entre ces deux hommes pittoresques que tout semblait pourtant séparer.

Laura avait emporté la boîte de médicaments du professeur Wilkinson ainsi que le costume de la fille de Napi pour le lui remettre. Vêtue de sa tenue de randonnée poussiéreuse et déterminée à se lancer à la recherche des disparus, elle n'avait oublié ni ses bouteilles d'eau, ni son cellulaire, ni ses jumelles!

Ils sortirent de l'enceinte du Dinosaur Provincial Park et de la vallée de la rivière Red Deer pour rejoindre la route 36 traversant les Plaines de l'Alberta du nord au sud. Laura reconnut le paysage plat qu'elle avait parcouru la veille en minibus. Les champs dorés s'étendaient à l'infini. Au fil des kilomètres, Antonio observa avec intérêt les hameaux, les fermes et les puits de pétrole qui surgissaient de l'horizon.

Après une heure et demie de voyage, ils s'arrêtèrent pour faire le plein d'essence et manger un sandwich dans un casse-croûte. Puis ils reprirent cette route rectiligne qui trouait les Prairies d'une tranchée d'asphalte gris et monotone.

Ils s'engagèrent enfin dans la large vallée de la rivière Milk. De nombreux *hoodoos*, des prairies verdoyantes et des falaises de grès surplombaient le cours d'eau à l'histoire singulière. Napi expliqua que cette rivière avait jadis fait l'objet de nombreuses revendications territoriales de la part des États-Unis et de la Compagnie de la Baie d'Hudson, mais aussi de la France, de l'Espagne et de l'Angleterre !

Le Writing-on-Stone Provincial Park se trouvait à peine à dix kilomètres de la frontière qui séparait le Canada de l'État du Montana, aux États-Unis. Blotti au fond de la vallée, il occupait un site magnifique que les Amérindiens disaient sacré. Ses formations rocheuses, précisa Napi, abritaient des esprits puissants qui étaient les maîtres de tout ce qui existait en ce bas monde. Lorsque Laura traduisit tant bien que mal ces explications à Antonio, le vieil Italien se signa de la croix par respect pour ces croyances qui lui étaient étrangères.

Napi gara sa camionnette dans le stationnement du parc, qui s'étendait sur une surface d'à peine vingt kilomètres carrés de prairie semi-aride. Des panneaux indiquaient la présence d'un pavillon d'accueil, d'une petite plage, d'un terrain de camping, de programmes d'interprétation et de sentiers.

Laura n'eut pas besoin de se renseigner pour savoir où se trouvait la grotte dont il était probablement question dans la légende d'Akuavat. Napi la connaissait bien. C'était l'endroit le plus visité du parc! On pouvait y admirer des pictogrammes et des pétroglyphes[1] gravés et peints sur les parois de grès. Ces dessins et ces peintures dataient pour certains de la période de la préhistoire.

Napi fit office de guide et entraîna ses deux compagnons sur le sentier traversant le parc et montant vers les falaises. Marchant d'un bon pas, il dépassa les touristes qui déambulaient sur le chemin, écrasés par la chaleur de l'air emprisonné dans la vallée. De nombreux visiteurs pique-niquaient dans les endroits prévus à cette fin. Certains étaient entrés dans la grotte pour contempler les gravures rupestres, d'autres arpentaient les sentiers qui parcouraient la prairie.

— *Here we are!*[2] s'exclama Napi en montrant l'excavation naturelle.

Laura le remercia puis entra dans la caverne peu profonde en compagnie d'Antonio. Sur la paroi, des animaux, un tipi et un bonhomme aux doigts écartés avaient été gravés dans la pierre. Ils ressemblaient à des dessins d'enfants!

1. Pétroglyphe: dessin gravé dans le roc.
2. Nous y voici!

— Yann n'est pas ici, constata Antonio Lombardi, qui s'attendait naïvement à découvrir son fils dans la grotte.

— Nous allons explorer les alentours, décida Laura. Il y a peut-être des chantiers de fouilles pas très loin. Votre fils et le professeur pourraient se trouver sur l'un d'entre eux.

Ils sortirent de la caverne et retrouvèrent Napi. Demeuré près d'un rocher, l'Amérindien semblait se recueillir, les mains refermées sur son collier. Laura et Antonio restèrent silencieux, attendant que l'esprit de leur ami revienne auprès d'eux. La jeune femme profita de ce moment d'inaction pour se familiariser avec les lieux. Les touristes se bousculaient sur les sentiers et les aires de pique-nique. Des personnes s'étaient aventurées là où les falaises de grès se transformaient en champs de *hoodoos*. Près des rives de la rivière Milk, on apercevait une forêt et d'autres prairies herbeuses. À première vue, il n'y avait pas de chantiers de fouilles paléontologiques aux alentours. Laura et ses compagnons devraient toutefois s'en assurer en s'avançant plus loin dans les terres. Mais que faisaient donc ces gens sur la falaise, près des *hoodoos* ?

Bien que Napi fût toujours plongé dans ses prières, Laura s'empara des jumelles. Elle ne voulait pas paraître impolie, mais le temps filait. Après tout, ils étaient venus ici pour tenter de repérer les traces de personnes disparues!

Les individus qu'elle avait repérés, deux hommes et une femme, venaient de s'asseoir sur le bord de la falaise et pique-niquaient en contemplant le paysage.

— Mais… murmura-t-elle, incrédule.

Dérangé dans ses méditations, Napi ouvrit les yeux et la regarda avec colère.

— Ce sont eux! s'exclama-t-elle. Là-haut, sur la falaise! Ce sont les individus que j'ai surpris hier à l'aube, près de la barrière du parc des dinosaures, et qui ont failli m'écraser en fuyant!

33

FILATURE

— Quoi??! fit Antonio, interrompu dans ses rêveries par la voix forte de Laura. Mais… Mais si ce sont eux, on ne peut pas les laisser s'en aller comme ça!

Laura n'entendit pas la fin de la phrase prononcée par Antonio. Elle partit comme une flèche en direction du sentier qui menait aux *hoodoos*, suivie de Napi qui venait de comprendre la gravité de la situation et l'importance de mettre la main sur ces trois «bandits», puisque c'est ainsi que Laura les avait appelés en les montrant du doigt.

Laura ne pouvait se permettre de courir le risque d'attirer l'attention des trois pique-niqueurs. Elle était partie en marchant d'un pas rapide, d'un air faussement assuré. Lorsqu'elle avait reconnu les faux électriciens à travers l'optique grossissante de ses jumelles, une tension terrible s'était emparée d'elle. Son corps tout entier s'était transformé en une boule de nerfs! Il fallait pourtant tâcher de rester calme et ne pas laisser la nervosité prendre le contrôle des événements. Ayant son cellulaire à portée de la main, Laura pouvait appeler du secours à tout moment si les circonstances l'exigeaient.

La jeune détective allait peut-être bientôt obtenir la réponse à toutes ses interrogations. Que faisaient-ils ici? Qu'avaient-ils cherché dans le parc des dinosaures? Étaient-ils impliqués dans le saccage du site DPT-01, dans la destruction de l'édifice abritant le *Corythosaurus*, et surtout, dans les disparitions de Lombardi et Wilkinson? Avaient-ils cambriolé le musée? S'en étaient-ils pris cruellement à la jeune femme en la faisant accuser du massacre des rainettes?

Laura et Napi ralentirent leur allure à l'approche de la falaise. Antonio les rattrapa. Ils ne devaient pas se faire remarquer. Il leur fallait se mêler aux autres marcheurs et gravir en silence les derniers mètres qui les séparaient du trio.

Parvenue au bout du sentier qui montait sur l'escarpement, Laura mit la main contre sa bouche pour inviter ses compagnons au silence, puis elle surgit au sommet.

Il n'y avait plus personne!

Elle s'avança de quelques pas pour regarder de l'autre côté de la falaise. Une piste serpentait entre les *hoodoos* pour rejoindre la prairie herbeuse et le pavillon d'accueil. Ils étaient là! Les trois malfaiteurs avaient fini leur sandwich et marchaient sur le sentier en direction du stationnement. Ils ne paraissaient pas pressés et discutaient entre eux.

Laura et ses amis avaient amplement le temps de les rattraper. Ils s'engagèrent à leur tour sur ce sentier descendant la falaise, les yeux rivés sur ceux qu'ils poursuivaient à pas de loup.

Grande et mince, la fille avait tressé ses longs cheveux noirs. Elle portait un pantalon en cuir noir et un tee-shirt blanc, avec, à son bras, une veste pliée et un casque de moto. Les deux jeunes hommes, de taille moyenne, l'un aux cheveux bruns, l'autre, aux cheveux châtain clair, étaient vêtus comme des touristes, avec bermuda coloré, polo et sandales de plein air. Ils portaient chacun un grand sac à dos. Tous trois ne semblaient pas avoir plus de vingt-cinq ans.

Laura, Napi et Antonio se concentraient sur leur filature et avançaient avec prudence. Il fallait dépasser les touristes en évitant de les bousculer, prendre garde aux trous dans la terre et frôler les cheminées de fée fragiles et sacrées. Le souffle court, transpirant sous son béret, Antonio suivait difficilement ses compagnons. Son pied buta contre un caillou égaré au milieu du sentier.

— *Mama Mia*! s'écria-t-il, furieux contre lui-même.

Le son de sa voix emportée avait distrait les visiteurs du parc, qui la dévisagèrent.

La suite se déroula à la vitesse de l'éclair!

Intrigués, les trois suspects se retournèrent sur le sentier. Ils aperçurent Laura à une trentaine de mètres d'eux et reconnurent, furibonds, l'étrangère du camping.

Comprenant aussitôt qu'on les avait suivis, ils partirent à la hâte en direction du stationnement du parc.

Désarçonnée, Laura resta plantée au milieu du chemin, immobile. Puis elle se précipita à l'assaut des fuyards, suivie de ses deux amis affolés.

34

LE FOSSÉ DU FOU

Lorsqu'ils arrivèrent dans le stationnement, Laura, Napi et Antonio virent les deux jeunes hommes monter dans une voiture blanche et leur complice grimper sur une moto rutilante dont elle fit aussitôt gronder le moteur.

Sans s'échanger un seul regard ni un seul mot, nos amis embarquèrent à leur tour dans leur véhicule. La camionnette de Napi se lança à la poursuite des pillards du parc des dinosaures aussi vite qu'une flèche lancée depuis un arc!

Ils sortirent du Writing-on-Stone Provincial Park et longèrent la vallée de la rivière Milk, suivant de loin la moto et la voiture des malfaiteurs. Mais à la première intersection, Laura s'aperçut que la motocycliste bifurquait.

— *Let's follow the white car!*[1] dit-elle à Napi qui conduisait avec fureur, sans se soucier des autres voitures circulant sur la voie.

1. Suivons la voiture blanche!

— Ils partent en direction de la frontière américaine! s'écria Antonio qui tentait de suivre leur itinéraire sur une carte routière.

Laura vit la moto s'éloigner sur la route 501. Un panneau indiquait que cette voie se transformait en chemin de gravier dix kilomètres plus loin. Elle eut soudain une idée! Elle attrapa son téléphone cellulaire et appela un numéro mémorisé dans son répertoire.

— Alison? Ici, Laura Berger! cria-t-elle en reconnaissant la voix de l'assistante du professeur Wilkinson au bout du fil. Je suis avec Antonio et Napi! On a absolument besoin de vous! Vous avez de quoi noter?

— *Oui, je vous écoute!* s'exclama Alison, alertée.

— On est dans la vallée de la rivière Milk, sur la route 4 en direction de la frontière! On a retrouvé les bandits du parc des dinosaures et on est à leur poursuite! Ils sont trois: deux hommes dans une voiture blanche et une fille en moto! La voiture est juste devant nous et on est en train de la rattraper! La fille en moto vient de prendre une autre route, la 501 en direction est! On n'a pas pu la suivre! Elle a une longue tresse, des vêtements en cuir et un casque noir comme sa moto! Pouvez-vous appeler la police pour nous? Elle doit nous venir en aide le plus

vite possible! On n'y arrivera jamais seuls!
Si je l'appelle moi-même, j'ai peur de m'em-
brouiller en expliquant tout ça en anglais!

— *Comptez sur moi, Laura!* répondit
Alison, paniquée. *C'est comme si c'était fait!*

Laura lui transmit rapidement les numé-
ros de plaque d'immatriculation qu'elle avait
à peine eu le temps de relever. Elle venait
tout juste de refermer son cellulaire quand
Napi hurla:

— *LOOK OOOUUUTTT!*[1]

— Tenez-vous bien, Antonio! s'écria Laura.
Je crois que Napi va faire quelque chose de
très dangereux…

Laura n'acheva pas sa phrase.

Napi dépassa la voiture blanche et donna
un violent coup de volant sur sa droite pour
la forcer à s'arrêter!

Peine perdue. La voiture des deux malfaiteurs n'interrompit pas sa course. Elle
accéléra et se mit à rouler sur l'accotement,
qui n'était pas stabilisé.

C'est alors qu'un gigantesque talus de
roche et de terre sèche apparut devant elle.
La voiture traquée rebondit sur la butte avant
de plonger au fond du ravin.

---

1. Attentionnnnn!

À l'instant précis du plongeon, Napi freina brusquement sur la voie asphaltée.

Devant Laura et Antonio médusés, le grand homme tourna la clef de contact pour éteindre le moteur de sa camionnette et replaça son chapeau sur sa tête. Puis il regarda Laura droit dans les yeux en prononçant une phrase qu'elle ne comprit pas tout de suite.

— Qu'est-ce qu'il a dit? murmura Antonio Lombardi, plus que jamais intimidé par ce cow-boy de la route.

— Je ne sais pas si j'ai bien compris, murmura Laura, le cœur à l'envers. Je crois qu'il m'a dit qu'il avait réussi à envoyer les bandits dans le Fossé du fou.

35

UN INDICE

Le « Fossé du fou » n'était pas une façon de parler pour Napi. C'était un vrai ravin auquel on accédait directement en rebondissant sur l'énorme bosse de sable et de roches située au kilomètre 6 de la route 4, sur le côté droit en direction sud. Ce n'était pas la première fois de sa vie que Napi y précipitait des ennemis, mais à quoi bon parler du passé…

— Je vois les deux hommes ! s'exclama Laura, descendue de la camionnette pour constater les dommages. Ils sont blessés et tentent d'ouvrir la portière de leur voiture !

— Si ces canailles veulent fuir encore, il va falloir les en empêcher ! s'écria Antonio Lombardi du sommet de l'abîme.

Mais une sirène tonitruante retentit. Laura vit trois véhicules de police rouler à grande vitesse dans leur direction ! Ils s'arrêtèrent vis-à-vis de Napi qui scrutait la carrosserie bosselée de sa camionnette noire.

Cette poursuite infernale était enfin terminée ! Il fallait maintenant s'entretenir avec les policiers et tout leur expliquer…

Laura fut soulagée d'apprendre qu'ils étaient venus à leur rencontre à la suite de l'appel d'Alison Lindsay. Les policiers étaient non seulement au courant de toute l'histoire, mais ils avaient aussi arrêté la fille sur sa moto !

En effet, dès qu'ils avaient reçu l'appel de l'assistante de Wilkinson, ils avaient lancé des collègues à la poursuite de la motocycliste. Ils l'avaient interceptée sur une route de gravier et pourchassée pendant plusieurs kilomètres, avant que la motarde ne chute dans un virage et ne se blesse grièvement.

Près du Fossé du fou, les agents de police appelèrent une ambulance. Souffrant de multiples fractures, les fuyards s'étaient finalement écroulés sur leur siège dans la voiture blanche gisant au fond du ravin.

On pria Laura, Napi et Antonio de rentrer chez eux. Ils pouvaient considérer les trois jeunes malfaiteurs comme déjà sous les verrous ! La voiture qu'ils conduisaient était un véhicule volé. La fille était de plus recherchée depuis longtemps pour un délit de fuite. Des collègues enquêteurs se chargeraient de les faire parler de leur implication dans les incidents suspects et les pillages survenus au Dinosaur Provincial Park, dans le cambriolage du Royal Tyrrell Museum et dans les disparitions suspectes du biologiste et du paléontologue.

Laura insista avec politesse sur l'importance de recueillir des aveux rapidement. Puisqu'il était possible que ces jeunes soient mêlés à la disparition du professeur, il fallait vite les faire parler! Wilkinson avait une santé fragile et pouvait tomber gravement malade. Elle expliqua aux agents l'histoire de la légende d'Akuavat et leur présenta son hypothèse: selon elle, ces trois imposteurs, avec l'aide probable d'autres complices, avaient kidnappé Wilkinson et Yann Lombardi, alors que ceux-ci venaient de faire une précieuse découverte en rapport avec les trésors de ce chef amérindien légendaire.

Les policiers la remercièrent et précisèrent que leurs collègues de la ville de Drumheller avaient pu parler à Clara, l'amie de Yann Lombardi résidant à Vancouver. Elle leur avait affirmé qu'elle n'avait pas vu le biologiste depuis deux semaines. Ils s'étaient fâchés dernièrement et elle attendait de ses nouvelles, le croyant en compagnie de son père venu du Québec pour passer des vacances avec lui.

Les agents notèrent le numéro de cellulaire de Laura, lui promettant de l'informer des résultats de l'interrogatoire qu'ils avaient l'intention de faire subir aux suspects dans les heures suivantes.

La jeune détective hésita avant de quitter les environs de la rivière Milk. Et si le professeur et le fils Lombardi y étaient prisonniers? Elle devait faire confiance à la police qui lui avait promis de passer la vallée au peigne fin. Il fallait maintenant attendre les résultats de l'interrogatoire et prier pour qu'ils les mettent enfin sur une bonne piste.

Laura reprit donc la route du retour en compagnie de ses amis. Ils avaient vécu une drôle d'aventure! Cette excursion au parc Writing-on-Stone s'était soldée par deux accidents, une triple arrestation et une carrosserie abîmée!

Après s'être arrêtés dans un restaurant pour se détendre un peu et se rafraîchir, Laura, Napi et Antonio firent le trajet du retour d'une seule traite. Ils venaient à peine de regagner la vallée de la rivière Red Deer et de pénétrer l'enceinte du Dinosaur Provincial Park lorsque Laura reçut un appel téléphonique sur son cellulaire.

L'interrogatoire commençait tout juste, lui expliqua le policier. Sous la pression, la motocycliste arrêtée deux heures auparavant dans la vallée de la rivière Milk venait d'avouer qu'elle connaissait l'endroit exact où se trouvait le professeur Wilkinson!

36

PRÈS DU *HOODOO* FENDU...

Laura transmit de nouvelles instructions à Napi, qui redémarra en trombe et sortit du Dinosaur Provincial Park dont ils venaient de franchir l'entrée.

— Qu'est-ce que la police a dit ? s'impatienta Antonio.

— La fille de la moto vient de parler ! répondit Laura avec jubilation. Elle n'a pas tout révélé, mais les policiers ont compris que le professeur Wilkinson se trouvait dans une grotte de la vallée de la rivière Red Deer, entre Cessford et Wardlow, près d'un *hoodoo* fendu ! Ils ont envoyé des hommes là-bas et je leur ai dit qu'on se rendait aussi sur les lieux.

— Entre Cessford et Wardlow, répéta le vieil Italien en dépliant de nouveau la carte routière. Est-ce que cette diablesse a parlé de mon fils ?

— Soyez patient, Antonio, le pria Laura. Ces bandits commencent à peine à parler ! À mon avis, ils nous apprendront bientôt d'autres choses !

Selon Napi, le secteur de la vallée correspondant était parsemé de *hoodoos* fendus. La tâche de repérer cette fichue grotte ne serait pas aisée!

Nos amis s'engagèrent sur la route principale, puis coupèrent à travers champs pendant un kilomètre. Ils empruntèrent ensuite un chemin de gravier qui serpentait en descendant vers le fond de la vallée. Ils virent quatre voitures de police garées en bordure de la rivière Red Deer. Les agents étaient venus explorer les alentours pour tenter de trouver cette grotte dont, disait-on, un paléontologue de la région était prisonnier depuis une semaine.

Après s'être échangé leur numéro de cellulaire, nos amis laissèrent les policiers chercher de ce côté et traversèrent le pont enjambant la rivière pour prospecter sur la rive opposée.

— Ouvrons nos yeux et nos oreilles! lança Laura en descendant prestement de la camionnette que Napi venait d'immobiliser sur un chemin sablonneux.

Elle regarda autour d'eux. Au creux de ce gigantesque fossé qu'était la vallée, les ravins et les buttes de terre se succédaient à l'infini! Un champ de *hoodoos* partait vers la droite. Laura repéra certains d'entre eux dont la structure fragile et blanchâtre était fendue. Elle décida de commencer ses recherches de ce côté-là, en examinant les falaises de grès plus larges susceptibles d'abriter des cavernes.

— Professeur Wilkinson! cria-t-elle en mettant ses mains en porte-voix. Wiiilll… kinnn… sonnn!!!

Laura se promena un bon moment entre les cheminées de fée. Antonio Lombardi et Napi la suivaient de près, inspectant chaque taillis de broussailles, chaque monticule de sable, chaque cavité dans la pierre…

Laura vit des traces de pas dans la terre. Quelqu'un était descendu de la falaise, empruntant un chemin creusé par un ruisseau presque à sec. Des empreintes de semelles parsemaient le sol humide.

Laura suivit ces traces.

Peut-être était-ce une fausse piste. Après tout, les touristes étaient nombreux à se balader dans la vallée de la rivière Red Deer durant l'été.

Mais il ne lui suffit bientôt que d'un seul coup d'œil pour savoir qu'elle ne se trompait pas! Les empreintes menaient à une structure de grès en équilibre. Le *hoodoo* était fissuré sur toute sa longueur.

Laura regarda vers sa droite. Au pied de la falaise, derrière un large pilier de grès, une petite porte de bois avait été aménagée dans le roc.

La jeune femme se précipita vers la porte et cria de toutes ses forces à travers la serrure rouillée.

— Wiiilll… kinnn… sonnn!!!

37

DÉLIVRANCE !

Même si personne n'avait répondu à ses appels répétés, Laura voulait s'assurer que le professeur ne se trouvait pas derrière cette curieuse porte aménagée dans la falaise.

Elle se tassa sur le côté pour faire place à Napi, qui désirait enfoncer le panneau de bois. Malgré sa force et l'aide d'Antonio, il ne parvint pas à ouvrir le passage. Laura dut appeler la police pour qu'elle leur vienne en aide.

Quelques minutes plus tard, un policier muni d'une hache achevait leur ouvrage.

Lorsqu'ils poussèrent enfin les pans défoncés de la porte, une odeur nauséabonde emplit les narines de Laura. Son cœur cessa pour un moment de battre.

Au fond de la caverne humide et sombre gisaient deux corps. Un homme d'une soixantaine d'années, à la barbe blanche et hirsute, reposait aux côtés d'un homme plus jeune dont une des jambes nues semblait couverte de sang séché. Leurs yeux étaient fermés.

— Yann… sanglota Antonio Lombardi.

38

PETE ET BIANCA

Les prisonniers enfin libérés de leur geôle furent aussitôt conduits à l'hôpital en ambulance. Ils avaient le souffle court, mais on ne craignait pas pour leur vie.

James Wilkinson avait combattu de toutes ses forces la claustrophobie et les allergies qui le guettaient au fond de cette misérable grotte. Malgré l'angoisse et la présence de champignons et de poussière, il n'avait pas eu de crise d'asthme majeure, ce qui, dans les circonstances, était un vrai miracle.

Son compagnon de caverne, le biologiste Yann Lombardi, avait été moins chanceux. Il souffrait d'une blessure profonde à la tête. On l'avait torturé et sa cheville droite avait été affreusement broyée par des coups de marteau. Il ne pourrait marcher qu'avec un plâtre et des béquilles pendant un bon bout de temps.

Les deux hommes étaient dans un état d'épuisement extrême, affamés, assoiffés, sales et ils souffraient d'hypothermie. Il s'en était fallu de peu...

Les deux jours suivant leur délivrance furent consacrés au repos, et ce, pour tout le monde! Napi ramena Laura et Antonio à Drumheller. La jeune femme rejoignit ses amis Cathy, Paul et Rachel, très heureux de la revoir et de rencontrer le père du biologiste. Sur l'avis du médecin, Alexandre Pronovost resta en observation. On lui assigna la même chambre qu'au professeur Wilkinson et qu'à Yann Lombardi, ce qui pouvait laisser imaginer que le Royal Tyrrell Museum of Paleontology s'était fait construire une annexe dans l'hôpital!

Laura s'y rendit justement mardi après-midi en compagnie de Cathy, Paul, Rachel, Antonio, Alison Lindsay et Robert Doyle, le directeur adjoint du musée. Les trois convalescents et leurs médecins avaient été prévenus de l'importance de cette visite exceptionnelle. Laura désirait transmettre à tous ses amis les éclaircissements précieux que les policiers venaient de lui confier le matin même, à la suite des aveux des bandits qui les avaient malmenés depuis une dizaine de jours. En outre, le professeur se réveillait à peine d'un long sommeil et n'avait pas encore pu raconter ses aventures en détail. Laura avait hâte de l'entendre. Le moment de vérité était enfin arrivé!

— J'espère que vous avez du temps devant vous et que vous n'êtes pas trop fatigués! déclara-t-elle tandis que ses compagnons s'installaient tant bien que mal autour des trois lits d'hôpital. J'en ai beaucoup à vous apprendre!

— Nous vous écoutons avec grand intérêt, mademoiselle! répondit le professeur Wilkinson dans un français mal assuré, mais soigné, dont il détachait exagérément les syllabes.

— Bien, fit-elle. Alors voilà. Au début du mois de juin de cette année, vous avez donné une conférence d'initiation à la paléontologie au Red Deer College, n'est-ce pas, professeur?

— En effet, répondit celui-ci, interloqué. Je ne vois pas toutefois en quoi cela concerne notre affaire!

— Tout a commencé à ce moment-là... reprit Laura, énigmatique

La jeune femme se cala dans son siège et entreprit son long récit devant l'assemblée silencieuse et attentive.

Lors de cette conférence destinée aux étudiants du collège, le professeur avait abondamment parlé de son métier de paléontologue au Royal Tyrrell Museum, mentionnant sa passion pour le travail de terrain et pour les découvertes faites au Dinosaur Provincial Park, des trouvailles qu'il avait d'ailleurs qualifiées de « trésors inestimables ». Le paléontologue ne savait pas qu'en prononçant ces mots il ferait germer des idées malveillantes dans l'esprit de deux jeunes gens présents dans l'assistance…

Pete Nielson et Bianca Morales erraient dans le collège depuis plusieurs années. Pete, âgé de dix-neuf ans, était un très mauvais garçon. Il trafiquait des voitures volées, dépensait des fortunes pour l'achat de gadgets électroniques et subtilisait des ordinateurs destinés au collège avec la complicité d'un copain informaticien, Ken Jolie, âgé de vingt et un ans. Malgré son jeune âge, Pete n'avait jamais eu froid aux yeux… Il ne s'était inscrit au Red Deer College que parce que son père le lui avait ordonné, menaçant de lui couper les vivres et la location de son studio dans la ville de Red Deer.

Pete avait entraîné une jeune femme dans ses mauvais coups, Bianca Morales, âgée de vingt et un ans. Fille de haut fonctionnaire, belle, intelligente et indépendante, Bianca avait fait la connaissance de Pete en déambulant dans les couloirs du collège. Comme lui, elle se sentait en mal d'argent et d'émotions fortes.

Cet été-là ne fut pas fameux pour nos deux délinquants plutôt maladroits. Ils manquèrent de se faire arrêter par la police après avoir dévalisé un dépanneur de la banlieue de Calgary. Bianca se fit mettre à la porte de la place qu'elle occupait à temps partiel dans une agence de location de voitures. Et pour compléter le tout, un soir de juillet, en s'enfuyant sans payer d'une station-service sur sa superbe moto, la motarde blessa une enfant qui jouait sur le bord de la route et poursuivit sa course.

Les journées d'été passèrent ainsi jusqu'à ce que les jeunes gens lisent un article sur la découverte d'un somptueux tombeau égyptien et se remémorent les propos passionnés qu'avait tenus le professeur Wilkinson lors de sa conférence.

Pete eut alors une idée de génie.

39

L'IDÉE DE GÉNIE

Le plan de Pete Nielson était simple : aller vérifier ce que recelait le bureau du professeur au fameux Royal Tyrrell Museum of Paleontology de Drumheller et mettre la main sur les « trésors inestimables » de ce vieux barbu !

L'ami de Pete avait les moyens de les faire entrer dans les locaux de façon sûre. Il s'était renseigné : le bureau du paléontologue était situé dans une section du musée en reconstruction. De nombreux ouvriers allaient et venaient sur le chantier tous les soirs depuis plusieurs semaines. Il était facile de se glisser parmi eux incognito. Ken fit un peu d'espionnage pour convenir du meilleur moment d'agir. Le professeur quittait son bureau chaque vendredi après-midi. Il fallait donc agir le vendredi soir, alors que les locaux du musée n'étaient fréquentés que par les ouvriers en plein travail.

Ce vendredi soir de la fin août, Pete Nielson, Bianca Morales et Ken Jolie s'introduisirent dans le musée en se faisant passer pour des travailleurs de la construction. Il y avait un bruit infernal sur le chantier et ils n'eurent aucune difficulté à déambuler dans les couloirs sans être vus. Ils allèrent directement dans le bureau de Wilkinson, regardèrent sur les étagères et ouvrirent de force les tiroirs fermés à clef de ses deux secrétaires. Ils n'y trouvèrent pas grand-chose, à l'exception de quelques factures et d'un sac en plastique contenant un petit os lourd et bizarre couvert de pierre verte, qu'ils emportèrent. Avant de partir, les trois cambrioleurs déçus décidèrent de s'introduire dans un des bureaux voisins, le laboratoire du biologiste Lombardi. Ils y trouvèrent un immense os de dinosaure ainsi qu'un crâne, qu'ils volèrent et dissimulèrent dans le faux sac de plâtre dont ils s'étaient munis pour transporter leur butin.

Ils s'apprêtaient à quitter les lieux lorsqu'un homme entra dans le laboratoire, les surprenant en flagrant délit. Pete n'hésita pas un seul instant. Il s'empara du premier objet qui lui tomba sous la main, le coprolithe, et frappa l'intrus sur la tête avec violence. En allumant la lampe située dans le fond de la pièce, Ken avait pris un risque considérable, celui de se faire repérer... L'homme qu'ils avaient été contraints de neutraliser s'était probablement inquiété à la vue de cette lumière anormale. Bianca n'aimait pas cela. Cet homme qui leur avait demandé ce qu'ils fabriquaient dans les bureaux pourrait fort bien les reconnaître par la suite !

Les trois malfaiteurs quittèrent le musée, laissant le corps inanimé de Pronovost dans le laboratoire de Lombardi. Ils passèrent cette nuit-là dans leur repaire de la vallée de la rivière Red Deer et burent sans modération, déblatérant sur leur aventure. Pete jeta le crâne et l'os géant ainsi que les factures dans la rivière, mais conserva l'os couvert de pierre verte. Cet objet devait être inestimable, puisque le professeur le gardait sous clef ! Était-ce l'un de ses « trésors » ? Bianca avait déjà eu une bague de cet éclat, semblable à une pierre précieuse… Wilkinson avait-il trouvé un filon ? Pete proposa de s'en assurer. Dès le lendemain, samedi, ils se rendraient au Dinosaur Provincial Park. Le conférencier s'étant vanté d'y diriger des chantiers de fouilles, ils le trouveraient possiblement en plein travail et pourraient commencer par l'espionner.

Le lendemain après-midi, ils n'eurent même pas besoin de pénétrer l'enceinte du parc des dinosaures pour rencontrer le paléontologue. Alors qu'ils s'étaient garés au bord de l'immense fossé de la vallée pour repérer le territoire du parc, une voiture s'arrêta près d'eux et un homme leur demanda gentiment s'ils s'étaient égarés et s'il pouvait les aider. Pete et Bianca le reconnurent sans hésitation. Cet homme qui ne se méfiait de rien était le professeur Wilkinson en personne!

Les lieux étaient déserts, sans témoin, et ce vieil homme ne pouvait pas se défendre. C'est pourquoi Pete et Bianca prirent la décision de l'enlever et de le faire chanter. Avec l'aide de Ken, ils l'embarquèrent aussitôt et le firent prisonnier de leur repaire, la grotte du *hoodoo* fendu. Ils se débarrassèrent de sa voiture en y mettant le feu au milieu d'un champ de canola. La police avait d'ailleurs retrouvé cette carcasse. Leur intention était simple: faire parler le professeur pour lui extirper des renseignements concernant cette étrange pierre verte qu'ils avaient trouvée au fond de ses tiroirs, au musée.

Le professeur resta sous le choc de son enlèvement pendant de longues heures. Il avait l'air malade et respirait avec difficulté. Les bandits le laissèrent seul dans la grotte.

Au cours de la soirée, Bianca alla surfer sur le Web. Elle y recueillit des renseignements étonnants qui consolidaient ses hypothèses!

La couleur intense vert foncé, la dureté, la brillance, la transparence… Tout paraissait concorder! La pierre verte sur l'os volé au musée pouvait réellement être une émeraude! Celle-ci ne présentait aucune fissure ni fracture et semblait d'une qualité exceptionnelle. Bianca apprit que les plus belles mines se trouvaient en Colombie, au Brésil, en Zambie, au Zimbabwe, en Afghanistan et en Russie. Mais le plus précieux des renseignements fut à ses yeux la valeur marchande de cette pierre! Un carat[1] d'émeraude taillée ne valait pas moins de mille dollars canadiens! Celle qu'ils avaient volée n'était pas taillée avec des pans coupés, mais son poids excédait certainement les cent grammes!

Le dimanche matin, Pete et Bianca revinrent auprès du professeur prostré dans sa grotte. Devant leur brutalité et leur insistance à connaître la nature de ses travaux et de ses trouvailles, celui-ci resta muet. Il ne se sentait pas bien du tout et semblait sur le bord de l'asphyxie. Il disait souffrir de troubles respiratoires gravissimes et exigea ses médicaments qu'il avait oubliés dans une boîte,

---

1. Carat: unité de mesure de masse utilisée dans le commerce de joaillerie, dont la valeur est de 0,2 gramme.

dans sa roulotte du parc. Comprenant qu'il ne leur révélerait rien dans cet état, Bianca décida d'aller lui chercher sa médication. En après-midi, affublée d'une tenue de circonstance et d'un badge de chercheur, elle se rendit donc dans la réserve naturelle du Dinosaur Provincial Park à bord d'un minibus électrique.

Alors qu'elle fouillait les nombreuses boîtes dans la roulotte du paléontologue pour y trouver sa pharmacie, un homme la surprit. Bianca n'avait pas entendu le bruit de la voiturette électrique du biologiste Yann Lombardi. Elle l'assomma d'un coup de pied-de-biche. Affolée, elle appela son complice Pete sur son cellulaire afin qu'il vienne l'aider à régler cette situation imprévue. Ils se donnèrent rendez-vous une heure plus tard, à la barrière qui séparait le secteur public de la réserve naturelle du parc. Bianca alla chercher son compagnon avec la voiturette du biologiste, puis ils revinrent vers la roulotte, dissimulèrent le corps de l'homme assommé et ligoté dans le minibus et quittèrent enfin les lieux. Ils attendirent le moment opportun pour transférer le corps de Lombardi dans leur camionnette et ramenèrent les véhicules électriques à leur emplacement, avant de sortir du parc.

Ils firent de cet homme leur second prisonnier et l'enfermèrent dans la grotte avec Wilkinson. Dans la précipitation des événements, Bianca n'avait pas eu le temps de mettre la main sur la médication du professeur, restée dans sa roulotte.

L'état de santé de l'asthmatique ne s'améliorait pas et Bianca devait agir. Elle ne souhaitait pas retourner dans la roulotte, c'était trop risqué. Elle eut alors l'idée de se rendre à l'hôpital le plus proche de leur repaire, celui de Drumheller, déguisée en infirmière. Avec la liste que Wilkinson portait sur lui et qu'il lui avait donnée, elle n'aurait pas de difficulté à obtenir les médicaments dont il avait besoin. Elle en profiterait également pour voir si l'homme qu'ils avaient frappé lors du cambriolage du musée y avait été admis comme patient. S'il n'était pas mort et qu'il se trouvait dans l'une des chambres de l'hôpital, elle irait lui rendre visite, histoire de vérifier discrètement son état. La seule pensée qu'il les avait surpris en flagrant délit dans une pièce éclairée la mettait hors d'elle !

Méconnaissable sous sa perruque rousse et son faux nez, Bianca s'empara des médicaments contre l'asthme dans une pharmacie de l'hôpital et se renseigna à propos des patients récemment admis pour des soins. Puis elle s'infiltra dans la chambre de l'homme qu'ils avaient attaqué au musée quelques jours plus tôt. Celui-ci ne semblait pas avoir repris connaissance. Elle s'approcha de lui et le secoua violemment pour voir s'il dormait ou s'il était dans le coma. C'est alors que deux jeunes gens firent leur entrée et lui posèrent des questions. Elle s'en sortit avec une pirouette, mais décida de revenir plus tard afin de neutraliser tout ce beau petit monde qui gravitait autour du patient, qu'elle aurait préféré mort !

De fait, elle chargea son ami Pete de se rendre à l'hôpital dès le lendemain matin pour remplacer la bonbonne d'eau de la fontaine située proche de la chambre du malade par une autre dans laquelle il devait ajouter des gouttes de paraffine liquide, une substance incolore aux effets laxatifs puissants. Lundi matin, Pete se mêla à la file des patients près du service des urgences et attendit que la bonbonne de la fontaine soit vide. Il s'offrit aussitôt pour la remplacer, fit discrètement tomber des gouttes de paraffine dans l'eau claire et partit sans être inquiété.

Constatant la nette amélioration de l'état de santé du professeur Wilkinson après qu'il eut pris sa médication, Pete et Bianca passèrent la journée du lundi à tenter de le faire parler à propos du fragment d'os couvert de pierre. Était-ce une émeraude? Avait-il découvert un filon ou le tombeau d'un chef amérindien rempli de trésors? Bianca avait déjà entendu parler, dans son enfance, d'une légende selon laquelle des pierres précieuses étaient enterrées avec la dépouille d'un chef amérindien dans les Badlands. Le professeur avait-il trouvé ce butin au cours de ses explorations dans le parc des dinosaures?

Poussé à bout, Wilkinson céda.

Devant les yeux ébahis de son collègue Lombardi, le vieux Wilkie avoua d'un ton triste et sanglotant que les deux bandits avaient bel et bien mis au jour son magnifique secret.

Le paléontologue avait en effet mis la main sur un prodigieux trésor: il avait repéré l'emplacement du tombeau d'un chef amérindien dans la réserve naturelle du Dinosaur Provincial Park.

40

LE TOMBEAU...

Les renseignements que le professeur Wilkinson donna ensuite à ses geôliers brutaux et avides de richesses ne furent que mensonges.

Lundi soir, sous la menace, il confia à Pete et à Bianca que l'emplacement du tombeau du chef amérindien se trouvait près du squelette d'un dinosaure, sur le site DPT-01.

Pete, Bianca et leur ami Ken firent donc une première expédition nocturne dans la réserve. Ils traversèrent les Badlands à pied, parcourant une distance de dix kilomètres! Étant donné que Bianca s'était déjà fait surprendre la veille dans la roulotte, ils ne désiraient pas emprunter un minibus et risquer de se faire repérer par les deux gardes patrouillant dans le parc.

Arrivés sur le site DPT-01, ils creusèrent en plusieurs endroits, sur la colline et autour des ossements du dinosaure qui venait d'être découvert. Mais ils ne trouvèrent rien! Par dépit, Ken s'amusa à déplacer le crâne et les os du squelette...

Les trois pillards revinrent dans leur repaire de la vallée de la rivière Red Deer, bredouilles et furieux. Wilkinson protesta : les jeunes s'étaient trompés et avaient creusé au mauvais endroit ! Il ne voulait pas dire le site DPT-01, mais le P-01 !

Le site « Paleontology – 01 » se situait dans le secteur public du Dinosaur Provincial Park. Une vitrine y exposait les restes d'un dinosaure et expliquait les bases du métier de paléontologue. Le professeur donna même un indice lié à la topographie des lieux afin de leur faciliter la tâche. Il y avait une dépression dans le sol, derrière la vitrine, puis une butte sur laquelle se tenaient les vestiges d'un petit *hoodoo*. S'ils creusaient le sol à cet endroit, ils trouveraient le tombeau.

Les malfaiteurs prirent la journée du mardi pour repérer les lieux et préparer leur coup.

Pete et Ken s'introduisirent dans le parc mercredi après-midi, vêtus de l'uniforme et de l'équipement des électriciens. Pete avait eu l'idée d'emporter un ensemble de câbles et de fils électriques pour parfaire leur déguisement et simuler au besoin la réparation d'une panne. Ils avaient commencé à creuser la terre lorsqu'une fille les aborda pour demander son chemin. Décidément, si l'on considérait tous les sales coups que Pete avait faits au cours de sa jeune vie, celui-ci était de loin le plus laborieux! Il n'avait jamais eu autant de peine ni de malchance! Quelqu'un venait toujours le déranger dans son ouvrage! L'esprit des *hoodoos* était-il contre eux?

Cette touriste étrangère avait l'air d'une fouineuse. Ils ne voulurent pas prendre de risque, même si la foule des visiteurs présente sur le site P-01 leur servait d'écran pour agir. Ils cessèrent leurs travaux et décidèrent de revenir durant la nuit.

Avant de partir, Pete eut l'envie de suivre cette fille. Si d'aventure leurs chemins se croisaient encore, elle pourrait bien se méfier d'eux. Il fallait en savoir un peu plus sur son compte. On n'était jamais assez prudent! Il la suivit donc et repéra sa tente.

Le soir arrivé, avant de terminer leurs recherches près du site P-01 qui, d'ailleurs, se révéleraient infructueuses, Pete et Ken prirent le temps de glisser un serpent sous la tente de Laura, afin d'inciter cette fille à rentrer chez elle au plus vite.

Bredouilles une nouvelle fois, les pillards revinrent auprès du professeur Wilkinson. Pete et Bianca comprirent vite qu'ils s'étaient fait mener en bateau par ce vieux malade. Ils le brutalisèrent et menacèrent de le torturer s'il ne leur révélait pas tout de suite l'emplacement exact du tombeau du chef amérindien ! Le temps pressait. S'il n'avouait pas maintenant, ils se débarrasseraient d'eux en les jetant, lui et son collègue, au fond de la rivière !

Sous la contrainte et la menace, Wilkinson avoua enfin.

Le trésor se cachait bel et bien dans la réserve naturelle, dans un petit édifice qu'il appelait affectueusement « la crypte du lézard casqué ». S'y trouvait le squelette d'un *Corythosaurus* découvert par un gardien du parc plusieurs années auparavant. Wilkinson expliqua qu'il avait trouvé des émeraudes en creusant près de la dalle sur laquelle reposaient les ossements et les moulages et que, selon lui, le tombeau se trouvait sous terre, au-dessous de ce pavement.

C'était là le souci du professeur ! Il n'était pas parvenu à soulever tout seul cette dalle de béton ! Si les jeunes voulaient fouiller et déterrer quelque chose à cet endroit, ils devaient s'y rendre tous les trois avec des outils capables de briser le matériau.

Au comble de l'excitation à l'idée de mettre enfin la main sur le trésor du chef et ses splendeurs, Pete et Bianca se rendirent de nouveau dans le parc des dinosaures, jeudi en après-midi. Ils arpentèrent les lieux et firent des repérages. Au détour d'un sentier du secteur public, Pete aperçut la fille de la veille en compagnie d'un vieux monsieur coiffé d'un béret. Ils étaient en train d'examiner le trou que Pete et Ken avaient creusé et rebouché tant bien que mal durant la nuit. Cette fille était une vraie peste! Le serpent ne lui avait pas suffi! Bianca proposa un plan pour se débarrasser d'elle une fois pour toutes. Ken avait chez lui un bocal où il gardait vivantes une vingtaine de ces minuscules grenouilles d'une espèce protégée. Il pourrait en cacher près de la tente de cette fille et envoyer un message anonyme à la direction du parc pour la dénoncer, disant qu'on l'avait vue en train d'en ramasser. Ce stratagème devait suffire à chasser cette curieuse du parc et l'empêcher de remettre son nez dans leurs affaires! Pete approuva ce plan, qui fut exécuté sans délai.

Dans la nuit de jeudi à vendredi, les trois bandits passèrent à l'acte. Une fois franchie la barrière qui les séparait de la réserve naturelle et qu'ils ouvrirent grâce à la clef dont Bianca avait fait un double quelques jours auparavant, ils se rendirent dans «la crypte du lézard casqué» et soulevèrent la dalle en détruisant tout sur leur passage. Ils eurent beau creuser la terre, ils ne trouvèrent rien. Le professeur Wilkinson les avait encore une fois bernés. Une fois de trop…

Après avoir passé la clôture pour sortir de la réserve, Ken jeta sa cigarette dans les broussailles, déclenchant un début d'incendie et les forçant à sortir de leur camionnette pour maîtriser le feu. C'est alors qu'ils tombèrent face à face avec la jeune étrangère du camping! Ils déguerpirent aussitôt.

De retour dans leur repaire, les jeunes crapules se vengèrent. Le professeur Wilkinson et son collègue avaient tenté de s'enfuir. La porte de leur geôle était abîmée et leurs vêtements, couverts de terre et de champignons. Ils avaient gratté les parois de la grotte, comme en témoignait la poussière noire sous leurs ongles. Sans dire un mot, Bianca et Ken allongèrent Lombardi sur le sol et le tinrent immobile. Le pauvre se débattit du mieux qu'il le put. Pete s'empara d'un marteau et frappa sa cheville avec fureur.

Les os craquèrent et le sang gicla.

Le biologiste hurla de toute son âme pour combattre la souffrance. Puis il perdit connaissance, suivi du professeur Wilkinson qui s'écroula lui aussi, terrassé par la peur.

Malgré les grands risques courus dans cette histoire, Pete, Bianca et Ken ignoraient toujours où se trouvait le tombeau du chef amérindien! Ils restèrent un long moment dans la grotte, à réfléchir.

C'est alors que Wilkinson parla dans son sommeil, délirant pendant plusieurs minutes. Bianca tenta de lui extirper des indices. Le professeur lui répondit par un charabia incompréhensible dans lequel il était question du tombeau, de pictogrammes et de la rivière Milk... Puis il s'écroula de nouveau contre la paroi de la grotte.

Pete comprit tout de suite! La chance leur souriait enfin!

Le professeur faisait référence au parc situé plus au sud, dans la vallée de la rivière Milk! Il y avait une grotte avec des pictogrammes au Writing-on-Stone Provincial Park. C'était probablement là que se trouvait son fabuleux secret!

Pete et Ken prirent aussitôt la route au volant d'une voiture blanche volée, suivis de Bianca sur sa moto. Ils passèrent la fin de l'après-midi et la soirée du vendredi à explorer le parc Writing-on-Stone. Il ne paraissait pas y avoir de fouilles paléontologiques dans l'enceinte du parc. Cela leur prendrait certainement plusieurs jours avant de repérer l'emplacement exact où Wilkinson prospectait.

— Ils sont revenus dans le parc le lendemain pour poursuivre leurs repérages en se mêlant aux touristes, ajouta Laura qui achevait son récit. La suite, vous la connaissez aussi bien que moi! Malheureusement pour ces crapules, Antonio, Napi et moi les avons croisées sur notre chemin!

— Quelle aventure, murmura Cathy, ébahie.

— Merci, mademoiselle Berger, déclara Wilkinson avec émotion. C'est à vous que je dois la vie. Je ne serais pas ici aujourd'hui si vous n'aviez pas fait toutes ces recherches pour me retrouver.

— Nous avons *tous* contribué à vous retrouver, vous et Yann, affirma Laura en guise de réponse. Mais la parole est à vous, professeur. Parlez-nous de votre extraordinaire trouvaille! Je crois qu'on a tous bien mérité de connaître l'identité de ce mystérieux chef amérindien et l'emplacement de sa sépulture gorgée de trésors et de pierres précieuses!

— Je n'ai jamais trouvé une telle chose ni cru un seul instant qu'un tel tombeau pouvait exister dans la région, dit le professeur, à la stupeur générale.

41

L'HORRIBLE TÊTE À TROIS CORNES

— Ah, mes amis, si vous saviez! s'exclama le professeur Wilkinson en riant nerveusement. Je n'ai jamais trouvé le tombeau d'un chef amérindien rempli de trésors!

— Ah bon? fit Laura, incapable de dissimuler sa déception. Mais alors…

— Ce que j'ai mis au jour est à mes yeux bien plus étonnant!

— De quoi s'agit-il? s'impatienta Cathy.

— Avant de vous parler de cela, je dois préciser certaines choses. Sous la menace de ces trois malfaiteurs, j'ai dû faire preuve d'imagination! Si je leur ai donné de faux indices, c'était pour les orienter vers les lieux les plus achalandés du parc des dinosaures! J'étais certain qu'ils se feraient surprendre en flagrant délit de pillage sur le site DPT-01 ou le P-01. Je leur ai ensuite parlé de la « crypte du lézard casqué », car je pensais que Yann et moi aurions le temps de nous évader de cette grotte pendant qu'ils soulèveraient ou briseraient la dalle de béton, mais c'était une idée stupide.

— Nous avons tout fait pour nous échapper, c'était une opération impossible, commenta Yann Lombardi.

— Hélas, oui, acquiesça Wilkinson. Cette initiative a eu de graves conséquences pour vous, Yann. Vous avez payé de votre personne plus que nous tous ici rassemblés ! J'en suis profondément désolé. J'espère que vous comprendrez pourquoi je ne pouvais agir autrement. Je vais commencer mon histoire par son début. Comme plusieurs d'entre vous le savent déjà, j'ai passé une bonne partie de l'été sur le chantier du jeune *Daspletosaurus*. J'ai partagé avec bonheur l'euphorie de tous mes collègues concernant cette trouvaille exceptionnelle ! Parallèlement, j'ai poursuivi mes activités de prospection dans la réserve naturelle. C'est ainsi que j'y ai fait une découverte étonnante, dans un secteur reculé du parc : un fragment d'os bizarre, que j'ai examiné et gardé sous clef dans mon tiroir. C'est celui qui m'a été volé au musée par ces crapules ! Mais il me fallait recueillir d'autres fragments suffisamment gros pour les donner en expertise et m'assurer de la nature du fossile que j'avais trouvé. J'ai travaillé d'arrache-pied et minutieusement. Jeudi après-midi, j'ai enfin mis la main sur ces fragments plus gros que je recherchais tant. Je les ai laissés dans ma caravane. Le jour de mon fichu départ en congé, samedi matin, je suis allé au Dinosaur Provincial Park pour les récupérer et les emmener pour expertise chez un collègue de Medicine Hat, un géologue minéralogiste. Je n'avais pas l'intention de revenir au parc avant le départ de mon avion pour Tampa Bay! C'est pourquoi j'ai salué Jonas à l'entrée du parc et il m'a gentiment souhaité de bonnes vacances. Bref, si je suis quand même revenu au parc des dinosaures samedi après-midi, c'est parce que je me suis aperçu que dans l'euphorie du moment, j'avais oublié ma boîte de médicaments contre l'asthme! Il m'était tout à fait impossible de partir en congé sans elle! Avant de pénétrer dans le parc, sur le terrain où se trouve le point de vue, j'ai aperçu trois jeunes qui semblaient un peu perdus. Je leur ai proposé mon aide et c'est là que... C'est là qu'ils m'ont kidnappé!

— Pourquoi ne pas avoir parlé de ces explorations à des collègues ou à votre assistante? s'étonna Laura.

— Je ne voulais pas encombrer leur esprit avec quelque chose qui n'était peut-être que le fruit de mon imagination. Je devais être sûr de moi et réfléchir aux conséquences de mon acte avant de l'annoncer.

— Tout cela est bien mystérieux! s'exclama Yann Lombardi, auquel le vieux Wilkie n'avait pas voulu révéler la nature de sa découverte lors de leur détention commune dans la caverne.

— Et que vous a dit votre ami minéralogiste concernant ces spécimens de fossiles lorsque vous êtes allé le voir à Medicine Hat, samedi? demanda Laura, impatiente.

— Il ne m'a rien dit! répliqua Wilkinson. Je suis allé le voir pour lui laisser des fragments à expertiser. Cela prend du temps, mademoiselle! J'attends d'ailleurs de ses nouvelles incessamment, par courrier postal.

— De ce genre-là? intervint Doyle en brandissant deux enveloppes. Je me suis permis de vous rapporter votre courrier du musée, professeur.

— Oh! chuchota Wilkinson, soudain pris de panique. Si cela pouvait être lui…

Il s'empara des enveloppes avec impatience et nota l'absence d'adresse d'expéditeur. La première contenait une facture sans importance, la seconde, une lettre manuscrite que le professeur déplia lentement.

— Alors? s'enquit timidement Laura. Est-ce que c'est la nouvelle que vous attendiez?

— Oui… Enfin, non! répondit-il, confus. Disons que c'est celle que j'espérais!

— Wilkinson! s'emporta le directeur adjoint du Royal Tyrrell Museum. Cessez vos cachotteries et dites-nous de quoi il s'agit! C'est énervant à la fin!

— Épigénisation, laissa tomber le professeur.

— Quoi? fit Cathy.

— Épigénisation... répéta Doyle avec surprise. C'est ainsi qu'on nomme le processus de dissolution et de remplacement d'une substance d'origine par une autre substance. C'est un processus qui se fait molécule par molécule.

— Muzo! ajouta Wilkinson, rayonnant.

— Wilkie, vous êtes un farceur, mais vous n'êtes pas drôle du tout, fit Doyle, découragé.

— Attendez! s'écria Alison Lindsay. On a trouvé des fossiles épigénisés en émeraude près de Muzo, en Colombie! Une équipe de chercheurs a découvert une coquille de mollusque fossile dont la substance d'origine, le calcaire, avait été dissoute sous l'effet des fluides sédimentaires et remplacée par une pierre précieuse, l'émeraude! C'est un phénomène minéralogique unique!

— C'est exactement de cela qu'il s'agit! s'exclama enfin Wilkinson. Et permettez-moi d'ajouter que cette petite coquille d'émeraude colombienne n'est rien du tout comparée à ce que j'ai mis au jour dans le Dinosaur Provincial Park…

— Vous ne voudriez pas dire par hasard que… commença Laura, sans même oser y croire.

— Si, mademoiselle ! confirma le professeur en croisant son regard incrédule. En prospectant dans la réserve, je n'ai peut-être pas découvert le tombeau du chef amérindien Makoyiwa, mais j'ai vu les *yeux géants de pierre translucide* et la *lueur magnifique* des Monstres de Vitre…

— Akuavat, souffla la jeune femme, sous l'emprise des paroles du professeur.

— J'ai trouvé l'emplacement de deux dinosaures dont les ossements fossilisés ont été épigénisés en émeraude, expliqua-t-il tout bas à l'assemblée muette. Ces squelettes gigantesques pourraient bien être complets. Il s'agit de deux *Tricératops*, un adulte et un jeune. Selon la taille de leurs crânes magnifiques, il s'agirait des plus grands spécimens de *Tricératops* retrouvés sur notre planète ! L'adulte devait mesurer douze mètres de longueur et peser près de dix tonnes. Ses cornes frontales ont une longueur de deux mètres. Son bec édenté, dont il se servait pour cisailler la végétation, est dans un état de conservation remarquable. Ses dents broyeuses sont intactes, de même que sa collerette qui faisait office de bouclier de protection. Sur les pointes osseuses qui bordent sa collerette, on devine la trace d'une morsure probablement faite par la dent géante d'un terrible carnivore lors d'un combat qui a dû être effroyable.

— Wow! fit Paul, le souffle coupé.

— Ces fossiles sont quasiment tous en pierre précieuse, poursuivit Wilkinson en chuchotant. Au fil du temps, les ossements fossilisés de ces cératopsiens ont été dissous sous l'action des fluides sédimentaires et remplacés molécule par molécule par de l'émeraude! Vous imaginez? Les crânes énormes et cornus de ces dinosaures sont translucides comme de la vitre verte!

— C'est fantastique, murmura Laura.

— D'après mes premières explorations, la proportion des fossiles épigénisés en émeraude pourrait bien atteindre quatre-vingt-dix pour cent de l'ensemble des ossements de ces deux colosses.

— Votre découverte est unique, James, fit Doyle d'un ton admiratif.

— Vous comprenez que je ne pouvais pas en parler avant que des preuves scientifiques de l'épigénisation me soient données par un expert, dit le vieux Wilkie comme s'il s'excusait. Cette nouvelle aurait fait un tintamarre incroyable dans notre milieu!

Le silence avait envahi la chambre d'hôpital. Laura, Cathy, Paul, Rachel, Alexandre, Alison Lindsay, Doyle, le fils Lombardi et son père... tous semblaient perdus dans leurs pensées, sous le choc des confidences extraordinaires du paléontologue.

— Pour quelles raisons exactement vouliez-vous consulter le texte de la légende d'Akuavat? finit par demander Laura, qui tentait de reconstituer toute l'histoire dans sa tête.

— Je savais qu'on attribuait l'origine de cette légende à la grotte aux pictogrammes de la vallée de la rivière Milk, mais je voulais vérifier si le texte mentionnait la couleur verte, lui répondit-il. Si c'était le cas et si l'épigénisation en émeraude se confirmait, je tenais peut-être l'explication de cette histoire!

— Maintenant que tout est confirmé, dit Laura, fascinée, quelle est votre hypothèse concernant cette légende?

— Un chef amérindien ou le membre d'une tribu amérindienne, des Blackfoot par exemple, a sans doute aperçu, il y a longtemps, les ossements d'un dinosaure fossilisé en émeraude dans une caverne. Ce serait l'explication du Monstre de Vitre…

— Dans une caverne de la vallée des dinosaures! ajouta Laura, les yeux brillants. Vous n'avez peut-être pas seulement trouvé l'explication du Monstre de Vitre, professeur, mais également l'origine géographique de la légende! Napi, mon ami blackfoot, m'a parlé de la croyance de ses ancêtres selon laquelle la *rivière laiteuse* dont il est question dans la légende serait la rivière Red Deer! Il paraît qu'au lever du soleil, les reflets blanchâtres des *hoodoos* sur l'eau la font ressembler à une rivière de lait!

— Je ne connaissais pas cette croyance, Laura! s'exclama Wilkinson. Ce que vous m'apprenez est passionnant! Il est donc possible que le gisement fossilifère que j'ai découvert corresponde à l'emplacement de l'ancienne grotte de Makoyiwa…

— Des dinosaures en émeraude, chuchota Paul, au comble de la jubilation.

— Quand pourrons-nous admirer ces merveilles? demanda tante Rachel.

— Jamais, rétorqua le directeur adjoint du Royal Tyrrell Museum.

— Jamais? fit Alexandre, stupéfait.

— Il n'est pas question que la nouvelle s'ébruite, répondit Doyle en gardant la voix basse. Cette découverte restera ignorée du public aussi longtemps que je serai en vie. Je compte d'ailleurs faire signer à chacun d'entre vous une lettre vous obligeant à garder le silence sur cette affaire, sous peine d'être poursuivi en justice.

— Ce n'est pas juste! protesta Antonio Lombardi, en colère. Mon fils a failli perdre une jambe, il a le droit de voir ces bestiaux en bijou!

— Monsieur Doyle a raison, renchérit Wilkinson. Nous ne pouvons pas mettre en péril des années de recherche paléontologique. Si cette trouvaille est connue du public et des prospecteurs, nous précipitons notre région dans une ruée vers l'émeraude infernale!

— Et nous ne pourrons plus revenir en arrière, ajouta Doyle.

— C'est la raison pour laquelle j'ai tout tenté pour ne pas révéler la vérité à ces escrocs! ajouta le professeur. Même si j'ai bien failli le faire en délirant pendant mon sommeil… Heureusement, ces imbéciles ont compris en m'écoutant que j'avais trouvé un tombeau au parc Writing-on-Stone! Espérons qu'ils le croient jusqu'à la fin de leur vie!

— Qu'ils passeront en partie en prison! compléta Laura.

— J'ai bien failli faire une bêtise moi-même, révéla le directeur adjoint du Royal Tyrrell Museum à voix basse. Quand les policiers sont venus au musée hier pour nous restituer le fossile avec la pierre verte qu'ils avaient retrouvé dans l'appartement de l'un des pillards…

— Que leur avez-vous dit exactement ? demanda la jeune détective, qui avait presque oublié l'existence de l'os bizarre qui avait tout déclenché.

— Je les ai remerciés ! Et lorsqu'ils m'ont demandé ce que représentait cet objet, je leur ai dit que ce fossile était entre les mains de notre meilleur paléontologue et qu'il se chargerait d'en faire l'expertise dès que son état de santé le lui permettrait ! Je n'ai pas pensé un seul moment qu'il pouvait s'agir de pierre précieuse ! Ils m'ont affirmé que les ravisseurs espéraient mettre la main sur un tombeau rempli de trésors. J'ai rétorqué que tout le monde avait le droit de rêver ! Même les criminels ! Je crois que cela a beaucoup déplu au lieutenant de service, d'ailleurs…

— Bien répondu ! fit Wilkinson. L'important, c'est que cela n'ait pas éveillé leurs soupçons ! Si la police et les médias sont mis au courant de l'affaire, on est fichus.

— Il n'y a pas lieu de s'inquiéter, rassura Doyle. Vous n'aurez qu'à inventer n'importe quoi concernant ce fossile, s'il les intéresse! Vous pourrez compter sur mon appui inconditionnel. Ce ne sera pas un gros mensonge étant donné la gravité de la situation. Si, par malheur, la nouvelle de l'existence de ces deux *Tricératops* s'ébruitait, des centaines de fossiles et des squelettes complets de dinosaures pourraient bien être détruits par ceux qui recherchent des pierres précieuses! C'est un risque que nous ne pouvons pas nous permettre de prendre. Nous devons réfléchir à la suite des choses et faire bon usage de cette trouvaille hors du commun.

— Nous comprenons tout à fait, assura Laura. L'emplacement exact du tombeau de ces deux dinosaures doit rester aussi secret que leurs fossiles exceptionnels... De toute façon, personne ne nous croirait!

— Je suis bien d'accord avec vous, Laura, acquiesça Doyle avec un sourire de connivence.

— Cette affaire a fini de me convaincre que je ne suis pas fait pour prendre des vacances! lança Wilkinson en rigolant.

— Ce n'est pas mon cas! précisa Cathy. Je n'ai pas vu grand-chose du Dinosaur Provincial Park à l'exception des toilettes du camping! Et même si je ne peux pas contempler les… monstres de vitre, j'aimerais bien voir des dinosaures en chair et en os!

— En fossile, tu veux dire! reprit son cousin, amusé.

— Il nous reste trois jours de vacances! déclara Laura. Nous allons y retourner!

— Me promets-tu une autre *aventure inoubliable au cœur de la nature*? lui dit son amie complice, faisant référence au feu Beaver Lodge.

— C'est bien plus qu'une promesse! répondit Laura dans un éclat de rire. Tu vas visiter le plus fantastique des parcs de dinosaures! Et puis Antonio et moi devons te présenter notre ami Napi. Nous lui avons promis de passer le voir avant de repartir pour le Québec! Napi m'a dit qu'il te prêterait une magnifique robe en peau d'antilope.

ÉPILOGUE

Personne ne sut jamais ce qu'il advint du tombeau des dinosaures ni des deux précieux squelettes de *Tricératops* découverts cet été-là par le professeur Wilkinson dans le Dinosaur Provincial Park...

Furent-ils enfermés dans une caisse gigantesque dans le sous-sol du Royal Tyrrell Museum, mis en coffre dans une banque étrangère ou bien enfouis plus profondément sous la terre des Badlands ?

Selon Akuavat, un seul acte était digne des hommes : *Enfouis tes richesses dans l'argile et la terre. Et respecte l'animal géant englouti dans l'eau du ciel comme s'il était ton propre frère.*

NOTE DE L'AUTEURE

Formé en 1955 près des rives de la rivière Red Deer, dans les Badlands de l'Alberta, le Dinosaur Provincial Park a été classé site du patrimoine mondial de l'humanité par l'UNESCO en 1979. On a trouvé, et l'on trouve encore aujourd'hui, dans cette région plus de squelettes complets de dinosaures que dans n'importe quelle autre partie du monde. Sous ce climat semi-aride, cohabitent le cerf mulet, le coyote, le grand héron bleu, le scorpion, la veuve noire, le crotale des prairies et la rainette faux-grillon.

L'épigénisation est un processus qui existe. Si on a en effet découvert une coquille de gastropode fossile épigénisée en émeraude en Colombie, ce phénomène minéralogique demeure toutefois unique.

Les faits relatés concernant les différentes espèces de dinosaures sont authentiques et fondés sur les connaissances acquises par les chercheurs à la date de parution de ce roman.

TABLE DES MATIÈRES

Les titres de la collection Atout

* Lecture facile   ** Lecture intermédiaire   *** Lecture difficile

Achevé d'imprimer en juillet 2007
sur les presses de Marquis Imprimeur,
Montmagny, Québec